지금
당신은
어디에
있나요

* 이 도서의 국립중앙도서관 출판시도서목록(CIP)은 e-CIP홈페이지(http://www.nl.go.kr/ecip)와 국가자료공동목록시스템(http://www.nl.go.kr/kolisnet)에서 이용하실 수 있습니다.
(CIP제어번호: CIP2013000340)

ANO SORA NO SHITA DE
by YOSHIDA Shuichi

Copyright © 2008 YOSHIDA Shuichi
All rights reserved.
Originally published in Japan by KIRAKUSHA, Tokyo.
Korean translation rights arranged with KIRAKUSHA, Japan
through THE SAKAI AGENCY and BC Agency.

이 책의 한국어판 저작권은 BC 에이전시를 통한 저작권자와의
독점 계약으로 은행나무에 있습니다.
저작권법에 의해 한국 내에서 보호를 받는 저작물이므로 무단전재와 복제를 금합니다.

이 책은 일본의 ANA그룹 기내지 〈날개의 왕국(翼の王国)〉에 연재된 작품을 가필·수정한 후,
단행본으로 출간한 것입니다.

지금
당신은
어디에
있나요

요시다 슈이치 지음

권남희 옮김

은행나무

CONTENTS

1. 소원　6

2. 자전거 도둑　18

ESSAY 방콕　30

3. 모던 타임스　38

4. 남과 여　50

ESSAY 루앙프라방　62

5. 작은 사랑의 멜로디　70

6. 춤추는 뉴욕　84

ESSAY 오슬로　98

7. 동경화 東京畵　106

8. 사랑을 하는 혹성   120
ESSAY 타이베이   134
9. 연연풍진 戀戀風塵   144
10. 호기심   158
ESSAY 호치민   172
11. 베스트 프렌드의 결혼식   180
12. 하늘색   194
ESSAY 스위스   208

옮긴이의 말   216

1
소원

창밖에 기묘한 모양의 구름이 퍼져 있다. 도넛 모양의 구름 한복판으로 지금 막 이륙한 지방 도시의 시가지가 보였다.

이마이즈미 게이스케는 무릎에 펼쳐 둔 잡지를 앞 좌석 주머니에 넣었다. 머리 위의 안전띠 착용 사인은 아직 켜져 있다.

게이스케가 태어나 처음으로 비행기를 탄 것은 지금으로부터 20년 전, 초등학교 4학년 봄의 일이었다.

유감스럽게도 즐거운 가족 여행이 아니라 할머니와 둘이서였다. 역시 비행기를 처음 타는 기모노 차림의 할머니는 좌석에 정좌해도 되냐고 연신 게이스케에게 물었다.

부모님과 형은 그 전날 밤에 오사카에 갔다. 오사카에서 아버지의 사촌 동생 결혼식이 있었다.

게이스케만 집에 남은 것은 주말에 있는 농구부 시합에서 가까스로 주전으로 뽑혔기 때문이다.

부모님은 처음에는 게이스케만 남기고 가는 것을 걱정했지만, 집에는 할머니도 있고 겨우 이틀 밤이니까, 하며 결국 오사카 행을 결정했다.

게이스케도 처음 타는 비행기에 미련이 없는 것은 아니었지만, 4학년생으로 유일하게 자신만 주전이 됐다는 기쁜 마음이 더 컸다.

오사카에 도착한 엄마에게서 전화가 온 것은 그날 밤 8시가 지났을 즈음이었다. 이미 식사도 마치고 목욕도 하고 잠옷 차림으로 텔레비전을 보고 있던 게이스케가 전화를 받으니 평소 느긋한 엄마가 다급한 목소리로 "게이스케니? 할머니 계셔? 좀 바꿔 봐!" 하고 말했다.

"지금 오사카에 도착했어~" 정도의 전화라고 생각했던 게이스케는 엄마의 다급한 목소리에 덩달아 허둥거려서, 옆에서 뜨개질을 하고 있던 할머니 코에 부딪칠 정도로 세게 수화기를 내밀었다.

"엉? 뭐라고? 어쩌다 또……, 어디서……."

할머니가 그렇게 중얼거리면서 떨리는 손으로 전화기를 만지작거렸다. 불안해진 게이스케는 옆에서 할머니 옷자락을 꼭 잡고 있었다.

형 히로시가 오토바이에 치여 오사카 병원으로 실려 갔다는 연락이었다. 할머니는 날이 새면 바로 오사카로 가기로 하고, 이웃에 사는 작은아버지에게 항공권 구입과 공항까지 데려다 줄 것을 부탁했다.

다음 날 아침 일찍, 할머니는 농구부 지도 선생님에게 전화를 해서 사정을 이야기했다. 젊은 선생님은 전화를 바꿔 받은 게이스케에게 "정신 바짝 차리고, 할머니 잘 모시고 다녀와라"라고 했다.

태어나서 처음 탄 비행기에서 게이스케는 "형이 무사하게 해 주세요"라는 기도만 계속했다. 하늘에 가까우니 소원을 더 잘 들어줄 것 같은 생각이 들었기 때문이다.

다행히 형은 가벼운 상처로 끝났다. 사고 충격으로 한때 체온이 내려갔던 것 같지만, 게이스케가 병원에 도착했을 무렵에는 "아야, 아파" 하고 얼굴을 찡그리면서도 사과 주스를 맛있게 마시고 있었다.

그 후 결혼식을 막 마친 신랑 신부와 정장 차림의 친척들이 병실로 줄줄이 달려와서 간호사도 웃음을 터트릴 정도로 묘한 분위기가 돼 버렸다.

병실 창밖으로 하늘을 가르고 지나가는 비행기가 보였다. 하늘에 가까워 보이기도 했고, 그리 가깝지 않아 보이기도 했다.

　게이스케는 비행기 안에서 형이 무사하기를 기도한 얘기는 아무한테도 하지 않았다. 누군가에게 말하면 기도를 들어준 하느님을 배신하는 것 같은 기분이 들었기 때문이다.

　생각해 보면 게이스케는 그날 이후로 비행기를 탈 때마다 소원을 빌었다. 농구 경기로 원정을 갈 때는 우승을 빌고, 대학 입시를 치러 갈 때는 합격을, 좋아하는 여자한테 고백하기 전에는 볼일도 없는 삿포로까지 일부러 날아갔다 온 적도 있다.
　그런 지 벌써 20년 이상이 지났다. 이루어진 소원도 있고 물론 이루어지지 않은 소원도 있다. 하지만 비행기가 착륙해서 안전띠 착용 사인이 꺼지면 게이스케는 거의 습관적으로 눈을 감고, 마음속으로 손을 모았다.
　상승을 계속하던 기체가 문득 힘을 뺀 듯이 가벼워지며 수평 비행을 시작했다. 다음 순간 올려다보고 있던 안전띠 착용 사인이 건조한 소리와 함께 꺼졌다.
　"미안, 잠깐만."
　눈을 감으려고 한 순간 창가에 앉은 아내가 말을 걸었다. 달콤한 잠을 방해받은 듯한 기분으로 "뭐야?" 하고 노려보니, 안전띠를 풀면서 "미안, 화장실 좀" 하고 일어섰다.

다리를 넘어 가라고 할 수도 없어서 게이스케는 자기도 안전띠를 풀고 좁은 통로에 섰다.

아내가 지나가고 나서 일어선 김에 기지개를 켰다. 그러다 무심히 시선을 돌린 뒤쪽 좌석에 고개를 쭉 빼고 이쪽을 보고 있는 여자의 얼굴이 있었다. 앞 좌석에 턱을 올리고 왜 그러는지 히죽히죽 웃으며 이쪽을 보고 있다. 순간 눈이 마주쳤지만 엉겁결에 돌려 버렸다. 여자의 얼굴이 낯익었다.

팔은 아직 천장을 향해 있다. 이대로 내리는 것도 부자연스럽고, 그렇다고 더 펴기도 그렇다.

들고 있던 팔로 어깨를 주무르면서 자연스럽게 내렸다. 등 뒤를 돌아보니 여자는 아직 히죽히죽 웃으면서 앞 좌석에 턱을 올리고 있었다.

아내가 화장실에서 아직 나오지 않은 걸 확인하고 여자에게로 갔다. 다행히 기내는 한산해서 통로를 사이에 둔 여자의 옆 좌석이 비어 있었다.

"저기, 저기, 지금 그 사람이 부인이야?"

게이스케가 빈자리에 앉자마자 여자가 몸을 내밀었다.

"응. 그보다 너 언제 돌아온 거야?"

"작년 여름."

"지금 어디? 도쿄?"

"응."

"일은?"

"얘기하자면 길어."

"간추려서 해."

"무리야. 간추릴 수 없어. 정말로 긴 얘기야. 그보다 우리 몇 년 만이지?"

"음, 내가 막 전직했을 테니까 한 10년?"

"벌써?"

"그래. 벌써 그렇다. ……그건 그렇고 요즘 뭐 하고 지내?"

"가게 냈어."

"가게라면 케이크?"

"당연하지. 파리까지 가서 파티시에가 돼 가지고 도쿄에다 국수집을 내겠냐."

"그야 그렇지만……."

아내를 만나기 전에 사귀었던 여자다. 순조롭게 연애를 하고 있다고 생각했는데 어느 날 갑자기 파리에 가서 제과 공부를 하겠다고 하더니 눈 깜짝할 사이에 떠나 버렸다.

전직한 지 얼마 안 돼서 쫓아갈 수도 없고, 여름휴가를 기다렸다가 파리로 만나러 갔다. 헤어질 생각은 없었지만, 학교 기숙사 앞에서 밀가루투성이가 되어 나온 그녀를 본 순간, 왠지 이미 자신들의 관계는 끝났다는 걸 깨달았다.

그 뒤에도 전화는 몇 번 주고받았지만 졸업을 하고도 그녀는 일본으로 돌아오지 않았다.

"저기, 아직 그거 해?"

"그거라니?"

"왜 비행기 타면 언제나 소원을 빈다고 했잖아. 그러니까 그게 언제였더라. 같이 오키나와 여행 갈 때, 비행기 안에서 가르쳐 주었잖아."

그러고 보니 그때 그녀에게 얘기했다. 그리고 둘이서 나란히 함께 소원을 빌었다. 무엇을 빌었는지는 묻지 않았지만, 분명 그녀도 자신과 같은 것을 빌었을 거라고 믿었다. 10년 만에 재회한 그녀의 손가락에 결혼반지는 없는 것 같았다.

"가게 잘 돼?"

"덕분에 대성황."

순간 어디 있는지 물을까 했지만, 물어 봐야 갈 일도 없다고 생각해 그만두었다. 그런 마음을 눈치 챘는지 "자, 그만 자리로 돌아가. 부인 오겠다"라며 웃었다.

"봐도 괜찮아. 수상한 관계도 아닌걸."

"그렇긴 하지만 너도 부인의 옛날 애인하고 마주치고 싶지 않잖아?"

그녀가 놀려서 "소개시킬 거야" 하고 게이스케는 태연한 척했다. 그녀는 바로 "나보다 부인이 예뻐서 싫어"라고 하며 웃었다.

마치 개를 쫓아내듯이 손을 휘이휘이 저어서 게이스케는 쓴웃음을 지으며 일어났다. 돌아보지도 않고 자리에 앉자 마침 아내가 돌아왔다.

"우리 공항에서 택시 탈까? 오빠네 집에 들르려면 버스로는 시간이 좀 안 맞을 거야."

"좋아."

"그렇게 정정한 할머니가 벌써 팔순 잔치를 하다니. 우리 둘 다 장수하는 집안이네. 틀림없이 앞으로 50년은 당신하고 함께 살겠어."

안전띠를 매면서 아내가 일부러 지겹다는 듯이 고개를 저었다.

"나 말이지, 비행기를 타면 항상 뭔가 소원을 빌어."

"소원? 왜?"

"왜라니, 봐. 하늘에 가까우니까 잘 들어줄 것 같잖아."

"뭐야, 그게."

"아무튼 같이 소원을 빌어 보자고."

"지금? 싫어. 창피해."

"아무도 안 봐."

"빌고 싶은 것도 없어."

"됐으니까, 자, 얼른 눈 감아."

"싫다니까."

게이스케가 먼저 눈을 감았다. 어이없다는 듯이 웃던 아내의 목소리가 들리지 않게 되었다.

살그머니 실눈을 뜨고 보니 그렇게 싫어해 놓고 아내도 눈을 감고 있다. 게이스케는 그 모습을 확인한 뒤 한 번 더 천천히 눈을 감았다.

10년 전 오키나와 여행 때는 여자 친구가 무엇을 빌었는지 알 수 없었지만, 왠지 지금 옆에서 아내가 비는 소원은 무엇인지 알 것 같다.

"우리 둘 다 장수하는 집안이네. 틀림없이 앞으로 50년은 당신하고 함께 살겠어."

2
자전거 도둑

벌써 20년 전 일이다. 당시 나는 도쿄 교외의 원룸 맨션에 살고 있었다.

제일 가까운 역에서 걸으면 30분 이상 걸리고, 역 앞에서 버스를 타면 종점이 사이타마 현이 되는 곳이었다.

그날 밤은 몹시 추웠다. 바깥에서 불어 대는 찬 바람이 새시 문을 얼음처럼 차갑게 만들었다. 난방을 켜 놓았어도 외풍이 들이쳐서 추운 싸구려 원룸 맨션이었다.

일을 끝내고 돌아오니 갑자기 한기가 느껴졌다. 감기인가 하고 일찌감치 이불 속에 들어갔지만 좀처럼 잠이 오지 않았다.

그날 회사에서 기분 나쁜 일이 있었다. 물론 나도 어른스럽지 못했다고 생각한다. 종합직으로 입사한 1년 후배인 남자 사원이 "자료 만드는 법도 제대로 모른다"고 많은 사람들 앞에서 주의를 주어, 너무 분한 나머지 "어차피 나는 일반직 채

용 사무원이니까요"라고 되받아쳤다.

입사했을 때 내가 일을 가르친 후배였다. 나보다 월급을 많이 받는 후배한테 일을 가르치고, 지금은 그 후배의 복사 심부름을 하고 있다.

남녀고용기회평등법이 시행된 지 벌써 2년이 지났다. 부모님한테 떼를 써서 4년제 대학을 졸업했다.

물론 필사적으로 취업 활동도 했다. 그러나 희망하는 회사에는 떨어지고, 그렇다고 취업 재수를 할 형편도 안 돼서 "일단 일반직으로 들어가기만 하면 그다음은 자기가 하기 나름이야" 하는 친구 말을 믿어 버렸다.

그러나 애초에 깔린 레일이 다르니 아무리 열심히 해도 다시 레일을 까는 것은 불가능했다.

그날 밤, 이불 속에 들어가서도 한기는 가시지 않았다. 오히려 시간이 지나면 지날수록 몸이 안 좋아졌다. 하필 사다 둔 감기약도 떨어졌다. 어릴 때부터 약한 소리를 하지 않는 자신의 성격이 좋으면서도 싫었는데, 과연 이런 밤에는 엄마한테 전화해서 목소리라도 듣고 싶었다.

밤 9시가 지나 지금이라도 약을 사러 가는 게 좋겠다고 결심했다. 역 근처에 10시까지 하는 약국이 있다.

휘청거리면서도 이불 속에서 나와 입을 수 있을 만큼 입고 방을 나왔다. 살고 있는 원룸 맨션은 좁고 기다란 구조의 3층짜리 건물로 각 층마다 30개의 방이 나란히 있다.

주민은 근처에 있는 대학교 학생들이 대부분이고, 개중에는 나와 같은 젊은 직장인도 있는 것 같았지만, 이웃과의 교류는커녕 옆에 누가 사는지조차 모른다.

현관에는 약 100세대 분의 편지함이 줄줄이 있다. 전단지 같은 것이 삐져나올 정도로 쌓여 있는 통도 있고, 조그마한 자물쇠를 채운 통도 있다.

편지함 앞이 자전거 보관소다. 100세대 분의 자전거를 두기에는 너무 좁아서 항상 누군가의 자전거는 쓰러져 있다.

살을 에는 듯한 찬 바람 속에 자전거를 타고 약국으로 향했다. 거리의 이름은 잊었지만, 밤새 트럭이 오가는 큰 산업도로였다. 자전거 페달을 밟고 있으니 "어차피 나는 일반직 채용 사무원이니까요"라고 내가 되받아칠 때의 후배 사원 얼굴이 떠올랐다. 미안한 듯한 얼굴을 하긴 했지만, 그것은 동정하는 얼굴이었다.

약국에서 감기약을 사서 가게를 나오니 지금 막 거기 세워 둔 자전거가 없어졌다.

감기 탓에 두고 간 장소를 착각한 게 아니었다. 분명히 전

화 부스 옆에 두었다. 순간 머릿속이 새하얘져서 역 쪽에서 걸어오는 사람에게 "자전거가……" 하고 말을 걸 뻔했다.

자전거가 거기서 사라졌다기보다 자기 자신이 문득 사라진 것 같은 느낌이었다.

틀림없이 거기 세워 두었을 텐데 정신을 차리고 보니 스스로를 의심하고 있었다. 자전거는 다른 장소에 있어, 내가 착각하고 있을 거야, 라고.

아무리 찾아도 자전거는 보이지 않았다. 찾고 있는 동안 놀람이 분노로, 분노가 말할 수 없는 슬픔으로 바뀌어 갔다. 거의 울상을 지으면서 역 앞 파출소로 달려갔다.

젊은 순경은 사정을 듣더니 "그럼 아직 그리 멀리 가지 못했겠네"라고 중얼거리며, 바로 자전거를 타고 찾으러 나갔다.

남아 있던 다른 순경이 "찾으면 연락할 테니 연락처를……"이라고 해서 메모장에 이름과 전화번호를 적었다.

다 쓰고 나니 그는 "오늘 밤 안에 연락이 없으면 못 찾은 거라고 생각하는 편이 좋을 겁니다"라고 했다.

마지막 버스가 막 떠났다. 택시 승강장에는 줄이 길게 서 있고, 택시는 한 대도 보이지 않았다.

트럭이 오가는 산업 도로를 걸어서 돌아올 수밖에 없었다. 어떤 사연이 있어서 남의 자전거를 훔쳤는지, 무슨 까닭으로 자신이 이런 일을 겪어야 하는지 아무리 생각해도 알 수 없었다.

슬픔이 점점 증오로 바뀌어 갔다. 간신히 맨션에 도착했을 때 애써 참았던 눈물이 쏟아졌다.

온 세계로부터 자신이 미움받는 것 같은 기분이 들었다. 온 세계로부터 자신이 비웃음을 사고 있는 것 같은 기분이 들었다.

그날 밤 파출소에서는 아무 연락도 오지 않았다. 다음 날, 아직 감기는 다 낫지 않았지만 결근을 할 수는 없어서 무리해서 출근했다.

바로 상사에게 불려 가 어제 일을 야단맞았다. 대꾸할 말도 없었다. 어젯밤 자전거가 사라진 순간에 다른 뭔가도 사라져 버린 것 같은 기분이 들었다.

그날 회사에서 돌아오니 우편함에 신용카드 청구서와 광고 편지에 섞여서 다른 방 앞으로 온 편지 한 통이 잘못 들어 있었다.

받는 사람 이름은 남자 이름으로 한 층 위의 방 번호가 적혀 있었다. 보낸 사람 이름은 없었다.

다시 넣어 주려고 편지함을 찾다가 문득 손이 멈추었다.

정말로 충동적이었다. 나는 그 봉투를 코트 주머니에 찔러 넣었다.

왜 그때 그런 짓을 했는지 아무리 생각해도 확실한 이유를 모르겠다.

자전거를 도둑맞은 분함을 그런 것으로 해소하려고 생각했는지, 아니면 나만 나쁜 일을 당할 수 없다고 생각해서 누군가에게 보복을 하려고 생각했는지.

나는 남한테 온 편지를 주머니에 넣은 채 빠른 걸음으로 계단을 올라와 내 방으로 향했다. 아무도 보지 않은 게 분명했지만, 금방이라도 심장이 입으로 튀어나올 것 같고 열쇠를 여는 손가락이 떨렸다.

구르듯이 방으로 들어가 나도 모르게 바닥에 주저앉았다. 세상에는 남의 자전거를 예사로 훔치는 놈도 있어. 정말 가난한 사람의 자전거를 훔쳐 자기만 편해지려는 놈도 있어. 정신을 차리고 보니 혼자서 그런 말을 중얼거리고 있었다.

주머니에서 편지를 꺼냈다. 얼마나 꽉 쥐고 있었는지 꼬깃꼬깃해졌다.

지금 편지함에 다시 갖다 놓으면 아무 일도 없었던 것이 된다는 건 알고 있는데, 손가락이 멋대로 봉투를 뜯고 있다. 거의 숨도 쉬지 못했다. 봉투를 뜯으면 바로 편해질 거야. 그런 소리가 들린다.

나는 봉투를 뜯었다. 거칠게 찢어 버리듯이 뜯었다. 그다음에는 단숨에 편지지를 꺼냈다. 자신에게 아무것도 생각할 여유를 주지 않도록 꺼낸 편지지를 펼쳐서 바로 읽어 버렸다.

다다미 여섯 장의 좁은 원룸이었다. 아무것도 없는 방이었다. 이사를 도와준 엄마가 "여자답게 좀 꾸미고 살아"라며 한심해했을 정도로 아무 장식도 없는 방이었다. 아직 난방도 켜지 않은 방은 추워서 바닥의 차가움이 옷에 스며들었다.

지기 싫어하는 아이였다. 내가 우수하다고는 생각하지 않았기 때문에 지지 않으려고 남들보다 배로 노력해 왔다. 다만 노력해도 안 되는 일이 있다는 걸 어른이 되어 처음으로 알게 된 것뿐이다.

편지를 다 읽은 것이 먼저였는지 눈물이 쏟아진 것이 먼저였는지 생각도 나지 않는다. 나는 몇 번이나 그 편지를 읽었다. 울면서 읽고, 읽으면서 울었다.

편지는 대학생인 손자에게 할머니가 보낸 것이었다. '어두운 곳에서 쓰느라 글씨가 지저분하지만……'으로 시작되는 편지에는 마치 초등학생 같은 글씨가 널려 있었다.

'할미도 젊은 시절 혼자서 객지에 일하러 나갔을 때는 외롭고 불안해서 울기만 했었단다. 그러나 열심히 노력하니 친구도 생기고 다들 예뻐해 주더구나.

 너도 혼자서 외롭겠지만 참고 애써 보렴. 대학을 그만두고 싶다고 엄마한테 말했던 모양인데, 엄마가 걱정하더구나. 할미는 네가 더 열심히 해 주었으면 한다만.

 최근에 자취를 시작했다면서? 부디 몸을 잘 챙기렴. 채소 같은 건 며칠 정도 가니까 한꺼번에 사두고, 조금씩이라도 좋으니 매일 먹도록 해.

 너무 늦어서 자야겠다. 또 편지 쓰마. 너도 시간 나면 편지 보내 주렴.'

 1년 뒤, 나는 회사를 그만두었다. 재취직한 것은 그만둔 회사에 비하면 아주 작은 곳으로 월급은 훨씬 적었지만, 그래도 기회는 주어져서 거기에 보답하려고 열심히 일했다.

 그렇게 15년을 일해서 5년 전 사장님의 지원을 받아 독립했다. 혼인 신고는 하지 않았지만, 같이 산 지 8년째 되는 남자도 있다. 처음에는 좌절했던 인생이었지만, 그 좌절이 없었더라면 여기까지 올 수 없었을 거라는 생각도 든다.

 편지를 들고 몇 번이나 대학생의 방에 사과하러 갔는지 모른다. 현관 앞까지 갔다가 용기가 나지 않아 몇 번이나 돌아섰는지. 내가 얼마나 말도 안 되는 짓을 했나 하는 생각에 갑자기 몸이 떨리는 밤도 있었다.

비슷한 봉투를 사 와서 할머니 글씨를 흉내 내려고 한 적도 있다. 그러나 현관 앞에 서서도, 새 봉투에 주소를 쓰고도 마지막 한 걸음을 내딛지 못했다.

딱 한 번, 그 학생이 아닐까 싶은 대학생과 복도에서 스쳐 지나간 적이 있다. 현관 앞까지 갔다가 역시 초인종을 누르지 못하고 돌아서는데 그로 보이는 남성이 귀여운 여자아이를 데리고 돌아왔다.

그는 "안녕하세요" 하고 밝게 인사해 주었다. 용서를 받은 것도 아닌데 왠지 온몸에서 힘이 빠졌다.

그는 내년에 들어갈 세미나에 대해서 그녀에게 설명하고 있었다. 그곳에서 드디어 자신이 하고 싶은 공부를 할 수 있다고.

20년이 지난 지금도 나는 이 편지를 버리지 않고 있다.

ESSAY
방 콕

타무 군이 운전하는 차는 차오프라야 강 위의 다리를 건넜다.

조수석에 앉아 있는 타무 군의 그녀, 위 양의 핸드폰이 울린 것은 그때였다. 친구인 듯한 상대방과 우아한 웃음소리를 내며 얘기를 시작한 그녀를 위해 타무 군이 스테레오 음량을 낮추어 주었다. 흐르고 있는 음악은 비요크의 발라드였다.

차오프라야 강은 시끄러운 방콕 시내를 남북으로 흐르고 있다. 지도를 보면 양손을 모아 인사하는 태국인들의 모습을 닮았다. 강은 느긋하게 몇 번이나 구불구불 흘러 타이 만(灣)으로 흘러든다.

강가에는 더 오리엔탈, 페닌슐라, 샹그릴라 등의 일류 호텔이 서 있다. 깊은 숲을 녹여낸 듯한 색을 띤 강 위로 관광객과 지역 사람들을 태운 수상 버스와 각 호텔의 곤돌라가 오고 갔다.

바라보고 있기만 해도 선상을 지나가는 남국의 바람이 느껴졌다. 볕에 그을려 따끔거리는 피부를 바람이 천천히 식혀 주고 있을 것이다.

통화를 마친 위 양이 얘기 내용을 타무 군에게 전했다. 뭔가 좋은 소식이었는지, 룸미러에 비친 타무 군의 눈가에 미소가 번지며 핸들을 잡고 있던 왼손을 살며시 위 양의 무릎에 올려놓았다.

❖ ❖ ❖

이번에 동행했던 영화 배급사 쪽 사람으로부터 두 사람을 소개 받은 것은 사흘 전의 일이었다. 약속한 곳은 '시로코'라는 지상 63층짜리 시푸드 레스토랑. 옥외에 죽 늘어 놓은 테이블 석에서 손을 뻗으면, 방콕의 야경이 잡힐 것 같은 천공의 레스토랑이었다.

먼저 테이블에 앉아 있는 우리 앞에 두 사람은 사이좋게 손을 잡고, 조금 수줍은 미소를 지으며 나타났다. 미소의 나라. 색색의 과일. 해질녘의 스콜. 태국이라는 나라가 가진 아름다운 이미지를 그러모은 듯한 커플이었다.

타무 군은 고베에서 3년 정도 유학을 한 경험이 있고, 위 양은 어머니가 일본인이어서 일본어에는 불편함이 없었다. 초면에 약간 어색하게 시작된 저녁 식사도 와인 잔을 기울이는 동안 점점 흥겨워졌다.

참고로 타무 군은 현재 일본 잡지에 연재도 맡고 있는 만화가로, 일본에서 《타무 군과 일본》이라는 귀여운 책도 출간했다. 얘기 중에 요시모토 바나나의 《어떻게든 될 거야(なんくるない)》 표지의 일러스트도 타무 군이 그린 거란 걸 알았다. 그 책이라면 우리 집 책장에 꽂혀 있다. 타무 군의 일러스트와는 이미 만났던 것이다.

방콕을 방문한 것은 이번이 두 번째였다. 첫 번째는 취재차 라오스에 갔다 돌아오는 길에 들렀다. 본드걸 같은 여성 편집자 두 사람과 동행했던 터라 반얀트리, 오리엔탈, 수코타이 등 일류 호텔의 스파 & 레스토랑 순례로 하루를 보냈다. 그건 그것대로 즐겁긴 했지만 방콕의 반밖에 보지 못했다.

이 얘기를 타무 군과 위 양에게 했더니 재미있는 곳이 있으니 데려가 주겠다고 했다. 방콕 중심부에서 조금 떨어져 있지만, 운하에 떠 있는 거룻배 주위에 소금구이한 생선 등 해산물 요리를 만드는 작은 배가 모여 있어, 한가로이 바람을 쐬며 식사를 할 수 있는 곳이라고 했다.

비행기 사정으로 마지막 날을 혼자 보내게 됐던지라 두 사람의 제안을 기꺼이 받아들였다. 도착한 그날부터 열대의 밤 분위기에 들떠

환락가를 마구 돌아다니는 격렬한 여행을 한 탓인지, 청초한 두 사람의 권유는 마치 이국으로의 초대처럼 느껴졌다.

이번 여행에서는 다양한 사람들을 만났다. 일본에서도 책이 번역되어 나온 태국의 유명 소설가 쁘랍다 윤 씨와 현재 윤 씨와 영화 제작을 추진하고 있는 미국인 프로듀서, 방콕에서 레스토랑을 경영하는 방콕 생활 15년째인 일본인 K 씨와 태국을 중심으로 활약하는 일본인 가수 MOMOKO 씨 등 쟁쟁한 분들을 만나 많은 이야기를 들었다.

그중에서도 인상적이었던 것은 MOMOKO 씨와 레스토랑 밖에서 담배를 피우며 "왜 태국에 있어요?" 하는 나의 거친 질문에 "태국과 일본은 비슷한 데가 있어요"라고 한 그녀의 대답이었다.

"어떤 면이 닮았는데요?" 내가 물었다.

그녀는 잠시 고민한 끝에 이렇게 대답했다.

"태국 사람은 뭔가를 용서하는 것을 최대의 미덕으로 느끼는 경향이 있어요. 이런 감각, 일본인과 비슷하지 않아요?"

그렇게 물어서 순간 말문이 막혔다.

관대함이라는 것이 지금의 일본에서 대표적 미덕으로 남아 있을까? 상대를 용서해 주고 싶은 마음과 상대에게 사과를 받고 싶은 마음. 나도 포함하여, 그 어느 쪽이 마음을 지배하고 있을까.

♦♦♦

수상 레스토랑으로 가는 차 안에서 타무 군이 물었다.

"방콕, 마음에 들었어요?"

망설이지 않고 "예. 무척"이라고 대답했다.

"어떤 면이?"

"마음에 들었던 것들을 꼽자면 끝이 없겠지만, 지난 일주일 동안 기분 나빴던 적이 한 번도 없었어요. 유일하게 호텔 욕실 천장에 물이 새서 난감했지만, 호텔 사람들도 친절해서 1박은 무료로 해 주었고요."

"고급스러운 곳만 갔기 때문이겠죠?"

농담 반으로 위 양이 말을 거들었다.

"그럼 어쩌면 지금 가는 곳에서 기분 나쁜 일을 겪을지도 모르겠네요."

약간 걱정스러운 듯이, 약간 능청을 떨며 타무 군이 웃었다.

도착한 곳은 예상했던 것 이상으로 활기가 넘치는 수상 시장이었다. 길이 50미터는 될 거룻배가 운하에 떠 있고, 맛있어 보이는 요리를 만드는 작은 배가 그곳을 빙 둘러싸고 있었다. 거룻배에 준비된 테이블은 이미 만석으로, 새우 소금구이, 굴 오믈렛, 달짝지근한 소스에

찍어 먹는 닭꼬치에 커다란 민물고기찜 등이 차려져 있고, 가족 동반이나 젊은 커플이 즐겁게 요리를 둘러싸고 있었다.

"뭐 먹고 싶어요?"

그렇게 묻기에 "저거하고, 저거하고, 어, 저것도"라며 손가락으로 가리키는데 끝이 없다.

겨우 발견한 빈 테이블은 뱃머리 쪽이었다. 발밑에는 운하가 흐르고 기분 좋은 바람이 테이블보를 파닥거렸다.

차지 않은 맥주를 사서 잔에 얼음을 넣어 건배했다. 뱃머리까지 오는 도중에 주문한 요리도 하나둘 나왔다.

머리 위로 낡은 철도의 철교가 걸쳐져 있었다. 금방이라도 무너질 것 같아서 "요즘은 안 쓰는 거죠?" 하고 물었더니, "아뇨, 씁니다"라며 두 사람이 고개를 저었다.

"그렇지만……."

건너편 강기슭에서 물놀이를 하는 남자아이들의 모습이 보였다. 젖은 갈색 등에 햇살이 쏟아져 반짝반짝 빛났다. 옛날 일본 시골에서도 흔히 볼 수 있는 정경이었지만, 그중 몇 명이 철교로 올라가 거기서 강에 뛰어들었다.

"그렇지만 저런 데 있다가 전철이 오면 위험하지 않을까요?"

그렇게 물었을 때였다. 멀리서 땅이 울리는 듯한 소리가 전해졌다. 그 순간, 침목 아래라고 해야 할지 철교 뼈대라고 해야 할지, 어쨌든 다가온 전철 바로 아래로 아이들이 재빨리 몸을 구부리고 숨었다.

"앗! 저런 데서 괜찮아요?"

엉겁결에 소리를 질렀다. 다음 순간 비둘기처럼 철교 가장자리에 구부리고 있던 아이들의 머리 위로 2량짜리 전철이 눈 깜짝할 사이에 지나가고, 다시 침목 사이로 남국의 새파란 하늘이 보였다. 바로 벌떡 일어난 아이들이 잇따라 환성을 지르며 아무 일도 없었던 것처럼 반짝거리는 운하로 뛰어들었다.

'타이'란 말은 '자유'를 의미한다고 한다. 그리고 자유라는 이름이 붙은 나라의 사람들은 사람을 용서하는 것을 미덕으로 삼고 있다고 한다.

3

모던 타임스

그 남자는 역 대합실에 우두커니 앉아 있었다.

특급이나 급행은 물론이고 완행조차 한 시간에 한 대밖에 지나가지 않는 산골의 조그만 역이었다. 무인역은 아니었지만, 역원의 모습은 없고 난로 불꽃의 열기만 대합실에 가득했다.

그 남자는 찬 바람에서 도망치듯이 대합실로 뛰어 들어간 나를 흘끗 보더니 다시 난로 불꽃으로 시선을 돌렸다.

마치 남의 방에 잘못 들어간 것 같은 기분이 들어 일부러 무관심을 가장하고 벽에 붙은 시간표를 보러 갔다.

남자는 소매가 긴 코트를 입고 비싸 보이는 가죽 구두를 신고 있었다. 복장이 그런 생각이 들게 했는지, 얼핏 보아 이 지역 사람이 아니란 건 알았다.

그날은 어머니의 심부름으로 역 근처 사는 삼촌 집에 뭔가 물건을 갖다 주고 돌아가는 길이었다. 술이었는지 귤이었는지,

하여간 끝까지 갖다 주러 가는 걸 귀찮아했던 기억이 난다.

다음 상행 열차까지 아직 20분 이상 남았다.

긴 의자는 한 개 비어 있었지만, 거기 앉으면 뚫어지게 불꽃을 보고 있는 남자와 난로를 사이에 두고 마주보게 된다.

그렇다고 그 남자 옆에 앉을 수도 없고, 좁은 대합실에는 시간표 앞 말고는 서 있을 자리도 없다.

할 수 없이 추운 플랫폼으로 나가 있기로 했다. 새시 문을 여니 홈을 빠져 나온 차가운 바람이 순식간에 대합실 공기를 묶어 버렸다.

황급히 문을 닫고 어두컴컴한 플랫폼으로 나왔다. 불어오는 찬 바람에 등을 돌리니 차가운 선로가 끝없이 뻗어 있었다.

얼음처럼 차가운 플랫폼의 긴 의자에 5분 정도 참고 앉아 있었지만, 교복 위에 코트도 걸치지 않은 탓에 손발의 감각이 없어지는 것 같았다. 결국 참지 못하고 대합실로 되돌아오자, 그 사람은 아직 물끄러미 불꽃만 보고 있었다.

난로를 사이에 둔 앞 의자에 앉아 꽁꽁 언 양손을 비비고 있는데 "고등학생?" 하고 남자가 물어왔다.

"……아, 예."

"이 근처에 사나?"

"아뇨, 집은 시내인데 이 근처에 친척 집이 있어서……."

남자는 "그래" 짧게 대답하고, 다시 불꽃으로 시선을 돌렸다. 짧은 대화였지만 좁은 대합실의 묘한 긴장감만은 풀렸다.

"이 근처 분이세요?"

아니란 건 알고 있었지만, 말을 걸어준 데 대한 답례로 물어보았더니 남자가 작게 고개를 저었다.

"……비행기 타는 걸 좋아해서 말이지."

짧은 침묵 뒤에 남자는 그렇게 중얼거렸다. 순간 얘기의 맥락을 알 수 없어 "예?" 하고 고개를 갸웃거렸더니 "……가끔 훌쩍 비행기를 타고 여행을 해"라고 대답했다.

"비행기?"

"응. 휴일 같은 때 하네다에서 훌쩍 비행기를 타고 이런 낯선 마을에 왔다가 돌아가지. 단지 그것뿐이지만."

남자의 얘기를 들으면서 2년쯤 전에 완성된 이 지역 공항의 모습을 머릿속에 그렸다. 아직 이용한 적은 없지만 딱 한 번 친구들과 견학을 간 적이 있다.

"낯선 마을에 왔다가 그냥 바로 돌아가는 것뿐이에요?"

"응, 그것뿐이야. ……더러 시간이 나면 이렇게 적당히 전철도 타 보고 하지만, 그러다 시간이 되면 공항으로 돌아가서 그대로 도쿄로 돌아갈 뿐이지."

남자의 어조는 그 행위를 자랑하는 투도 아니고 수줍어하는 투도 아니었다.

"그런데 어째서 이런 곳에서 내리세요? 이런 역, 별로 볼 것도 없는데……."

"전철 안에서 산골짜기에 흐르는 시냇물이 보였어. 그래서 잠깐 내려 봐야지 생각했는데, 결국 내려가는 길을 찾지 못해서……."

"아아, 거기라면 일단 반대편 다리를 건너 돌아가면 그대로 내려갈 수 있는데."

"그러니? 그렇지만 다리는 선로밖에 없잖아?"

"그 다리 말고 하나 더 건너편 다리요."

남자가 시계를 흘끗 보아서 대화를 차단당한 기분이 들어, 더 이상은 아무것도 물을 수 없었다. 남자는 또 난로의 불꽃을 바라보았다. 그리고 나는 불꽃을 바라보는 남자를 이따금씩 훔쳐보았다.

국내라고는 하지만, 비행기 값이 그리 싸다고 할 수는 없다. 그런데 이 남자는 휴일에 아무런 목적도 없이 훌쩍 비행기를 탄다. 그런 얘기를 들은 탓인지 남자의 코트며 가죽 구두며 손목시계가 갑자기 비싸 보였다.

남자의 코트와 손목시계를 통해 도쿄를 보고 있는 것 같았다. 텔레비전과 영화에 나오는 호화스러운 생활을 그 남자를

통해 보고 있었다.

"…… 부자시군요?"

나이가 한참 차이 나기도 해서 스스로도 신기할 정도로 자연스럽게 물을 수 있었다.

"응? 어째서?"

남자가 놀란 듯이 되물었다. 거기에 전혀 겸손해하는 빛은 없었다. 그래서 반대로 내 쪽이 놀라서 "그렇잖아요, 훌쩍 비행기를 타다니"라고 대답했다. 그랬더니 "아, 아아" 끄덕이던 남자가 "가끔이야, 정말로 가끔" 하고 이번에는 수줍은 듯이 고개를 저었다.

"……아직 가족도 없고, 달리 이렇다 할 만한 취미도 없어서."

"그래도……."

"아냐, 정말이야."

"저기, 어떤 일을 하세요?"

눈앞의 남자에게, 라기보다도 눈앞의 남자를 통해 보이는 '도쿄'라는 도시에 흥미가 있었다.

여기서 우연히 알게 된 남자의 생활을 접하다 보면, 고등학교 졸업 후의 진로도 정해 놓지 않은 내게 뭔가 새로운 세계가 펼쳐질 것 같은 기대도 있었을지 모른다.

"일?"

남자는 그렇게 되물었지만, 선뜻 누구나 알고 있는 유명한 자동차 회사 이름을 말했다. 마침 그 당시 사촌 형이 갖고 싶어 했던 것이 그 회사의 차이기도 하고, 공교롭게 며칠 전에 텔레비전에서 했던 그 회사의 다큐 프로그램도 기억하고 있었다.

"굉장하군요! 엄청 큰 회사잖아요."

"그렇지, 회사는."

"요전에 텔레비전에 나왔었어요."

고층 빌딩의 사무실과 유럽 시장 확대 작전 등 흥분해서 마구 떠드는 내 얘기를 남자는 조금 불편한 듯하면서도 묵묵히 듣고 있었다.

마침 그때쯤 역원이 돌아와서 "곧 상행 열차가 옵니다" 한마디 하고 사무실로 들어갔다. 잠시 있으니 멀리서 건널목 경보가 울리고 열차가 천천히 다가왔다.

조그마한 공원의 벤치에 앉아 눈앞에 서 있는 10층짜리 사택 건물을 올려다보고 있는데, 후배가 닭튀김 도시락을 사서 돌아왔다.

"죄송합니다, 늦어서. 어찌나 붐비던지."

도시락과 잔돈을 받아들고 마시다 둔 우롱차를 한 모금 마셨다.

"이거 다 먹으면 서동(西棟) 쪽을 돌까요? 지난주에 손맛이 좋은 집이 있더라고요."

벌써 밥을 입에 가득 넣고 후배가 물었다.

"손맛이 좋다니, 얼마나?"

"아직 주인 여자한테 설명까지는 못했는데요, 곧 아이가 생기니 슬슬 이 근처에 단독 주택을 구입하려고 남편하고 의논하고 있대요."

"그런 곳은 말뿐이야. 실제로 애가 태어나면 돈이 많이 드니 좁아도 사택에 남아서 한동안 상태를 지켜본다니까. 그보다 요전에 오타가 돌아본 동동(東棟)은?"

"그쪽은 거의 명예퇴직 같더라구요. 자동차 업계도 요즘 힘드니까요. 뭐, 퇴직금인가 뭔가로 주택 구입을 생각하는 곳도 있는 것 같긴 하지만요. 우리처럼 작은 부동산 회사 얘기를 들어 줄지 어떨지……. 게다가 어차피 지금 부딪쳐 봐야 그 공은 다 오타 씨 팀으로 넘어가잖아요?"

도시락을 사러 어디까지 갔었는지 입에 넣은 닭튀김은 다 식었다. 맛도 없는 닭튀김에 소스를 잔뜩 뿌려서 입에 던져 넣었다.

10층 건물의 사택 그림자가 조그만 공원의 반을 덮고 있다. 햇살이 내리는 모래밭에서 아직 어린 여자아이 둘이서 열심히 모래를 모아 놀고 있다. 사택 너머에는 거대한 자동차 공장이 있다.

올해 말까지 그 반이 폐쇄된다고 하는데, 아마 1만 단위의 종업원과 가족이 이 공장에서 일하고 이 사택에 살고 있을 것이다.

"옛날에 이 회사에서 일하는 사람과 시골 역에서 우연히 만난 적이 있어."

갑자기 입을 연 나를 후배가 젓가락을 문 채 쳐다보았다.

"이 사택에 사는 사람이었어요?"

"아니, 거기까지는 몰라. 게다가 벌써 15년쯤 전의 얘기고."

후배가 흥미 없다는 듯이 "아아" 끄덕이더니 다시 밥을 긁어모았다.

"이상하지. 그 사람이 이 회사 이름을 말했을 때, 뭐랄까, 세계를 돌아다니는 비즈니스맨을 멋대로 상상했어. 같은 회사에서도 사장부터 공장 직원까지 다양하게 있는데 말이야."

혼잣말이라고 생각했는지 후배는 대답도 하지 않았다.

"어이, 듣고 있냐?" 팔꿈치를 쿡 찔렀다.

"듣고 있어요. ……근데 누군데요? 그 사람?"

"누구라니……, 그냥 역에서 우연히 만났을 뿐이야."

"딱 한 번요?"

"그래, 딱 한 번."

얘기는 거기서 끝났다. 서로 말없이 도시락을 다 먹고, 담배를 피우고, 가가호호 방문 영업을 재개하기로 했다. 또 열어 주지 않는 문의 초인종을 계속 누르는 시간이 시작되는 것이다.

서동 엘리베이터를 타려고 하는데 "아, 그러고 보니 요전 일요일에도 날아갔다 왔다면서요?"라며 후배가 웃었다.

"어디 갔었어요?"

"오이타."

"오이타? 거긴 또 왜?"

"하네다에 도착해서 바로 탈 수 있는 비행기를 찾았더니 오이타였어."

"참 호사스러운 취미십니다~."

"그런가?"

"그렇죠."

"뭔가 말이야, 정말로 후련해져. 스트레스가 쌓여 있는 것도 아닌데, 공항에 가서 적당한 비행기를 타고 모르는 마을에 다녀오면 왠지 개운해."

엘리베이터는 최상층을 향하고 있었다.

4
남과 여

그 광장은 갑자기 싱고 앞에 나타났다.

거래처에서 상담이 끝난 뒤, 차로 사무실로 돌아오고 있는데 평소 다니던 길이 공사로 통행금지가 되어 있었다.

큰길로 나가는 안내판은 있었지만, 지름길로 가려고 좁은 길로 들어선 것이 실수였다. 낡은 주택가로 빠져들어 일방통행은 아니었지만, 나가면 나갈수록 도로 폭이 좁아졌다.

길을 헤맬 때일수록 시간은 빨리 흐른다. 결국 사토 씨 집 현관 앞에서 길은 막혀 버려, 소노베 제2아파트를 두세 바퀴나 도는 동안 이렇게도 헤매는 꼴에 차라리 웃음이 나왔다.

광장으로 나온 것은 한참만에야 신호등이 있는 좁은 거리로 나왔을 때였다. 멀리 편의점이 보여서 캔 음료나 하나 마시고 기분 전환을 해야겠다고 생각하는데, 문득 그 편의점이 낯익다는 사실을 깨달았다.

편의점 앞에 틀림없이 그 광장이 있을 터였다.

싱고는 편의점 앞에 차를 세워 두고 삼시 차 안에서 골목 끝에 일부만 보이는 광장을 바라보았다. 골목을 걸어가는 사람은 없지만, 광장을 가로질러 가는 그림자가 몇 개 보였다.

광장은 역으로 통하는 산책길에 있었다. 생각해 보면 그 무렵 셀 수 없을 만큼 이 역에서 내려, 셀 수 없을 만큼 이 광장을 지나 그녀의 아파트에 갔다.

목적지가 그녀의 아파트이고 가끔 식사를 하러 나가도 역 쪽이어서 그 앞인 이 주변에는 발을 들인 적이 없었다.

자신이 지금까지 한참 헤맸던 장소는 그 광장과 가까웠던 것이다. 싱고는 이렇게까지 길을 헤맨 자신이 한심하기도 하고, 우연히 발견한 광장이 반갑기도 해서 시동을 끄고 차에서 내렸다.

대학을 갓 졸업했을 때였다. 아직 스물두 살, 시간은 충분했다. 의욕만 있으면 뭐든 할 수 있어 설령 길을 헤매도 다시 시작하는 정도는 얼마든지 가능하다고 생각했다.

대학을 졸업한 뒤 일단 취직을 했다. 꼭 들어가고 싶었던 회사는 아니고, 몇 군데 시험을 치다가 간신히 붙은 회사였다.

입사해서 한동안 일을 해 보았으나 이곳에서 자신이 일생

을 마칠 거란 이미지는 떠오르지 않았다. 그러나 어쨌든 지금은 학자금 대출을 갚고 돈을 모아 다시 시작하기 위한 준비를 하는 시기라고 생각했다. 하루하루의 일에 쫓기다 보니 저 미래에 있는 목표가 아니라 내일, 혹은 다음 주 월요일에 있을 목표만 보고 있는 자신이 그곳에 있었다.

당시 유리코라는 여자와 교제 중이었다. 대학 시절 같은 동아리 선배의 애인이었던 유리코를 반 강제로 꼬여서 가로챘다. 당연히 동아리에서는 제적, 선배에게는 절교당했다.

특별히 사이가 좋은 선배도 아니었다. 어째서 이런 남자한테 유리코 같은 여자가 붙어 있는지 이상할 정도로, 자기 과시욕 덩어리에, 술 취하면 자기 자랑만 하고, 술 취하지 않아도 머리 모양 바꾸고 싶다는 얘기를 한 시간은 너끈히 하는 사내였다.

선배의 눈을 피해 데이트 신청을 했다. 동아리 모임이 끝난 뒤의 커피숍에서였다. 마음의 준비는 하고 있었지만, 들키지 않도록 어디까지나 가볍게 청했다.

싱고의 너무 가벼운 데이트 신청을 듣고 유리코는 아주 긴 시간 싱고의 눈을 똑바로 보았다. 자신이 무시당하고 있는 건지 아니면 상대가 진지한 건지 확인하는 것 같았다.

그 기세에 눌려 "오는 일요일, 4시쯤, 역 앞에서. 안 될……까?"

다시 묻는 싱고의 목소리는 어딘가 소극적인 느낌이었다.

"좋아"라고 유리코는 대답했다. 그 말뿐 달리 아무것도 묻지 않고 다른 사람들의 뒤를 쫓아갔다.

당일 약속 시간보다 5분 정도 늦게 약속 장소에 갔더니 이미 유리코의 모습이 보였다. 지각한 것을 사과하고 그냥 두 사람의 발길이 가는 쪽으로 걷기 시작했다.

데이트를 하는 중에 절대로 선배 얘기는 하지 않기로 미리 마음먹고 있었다. 그 얘길 꺼내면 선배한테 미안하다고 하는 마음에도 없는 거짓말을 할 것 같았다.

"오늘 데이트 코스는 A코스와 B코스 두 종류 있는데 어느 코스로 할래?"

역 앞을 떠나면서 편안한 어조로 유리코에게 물었다.

"A코스와 B코스?"

유리코가 고개를 갸웃거렸다.

"참고로 A코스는 영화 → 식사 → 호텔. 그리고 B코스는 호텔 → 식사 → 영화."

장난스런 말투로, 그러나 진지하게 말했다.

"둘 다 호텔이 들어가잖아?"

비위를 거스르는 게 아닐까 걱정했지만 웬걸, 유리코는 "그럼 A쪽으로"라고 웃으며 대답했다.

"엉?"

엉겁결에 내 쪽이 되물었다. 진지한 어조로, 그러나 장난스런 얼굴로.

"농담이야."

"아, 농담이구나."

결국 영화관으로 향했다.

너무 좋아서 미칠 것 같아 선배의 눈을 피해 고백한 것은 아니었다. 물론 줄곧 마음에 있긴 했지만, 선배의 애인이니까 밑져야 본전, 거절당해 봐야 상처 받지 않을 거라는 야비한 생각이 등을 민 것도 있다.

그 후 유리코와는 주말마다 만났다. 이쪽 작전으로는 절대 선배의 화제는 꺼내지 않을 생각이었는데, 두 번, 세 번 영화와 식사를 함께 하다 보니 "나하고 만나는 건 시간 때우기야?"라는, 작전을 완전 무시한 쪽팔리는 대사를 읊고 있었다.

나중에 알게 된 것이지만, 이때 이미 유리코와 선배의 관계는 거의 끝나 있었다. 헤어지고 싶어 하는 유리코의 마음을 그다음에는 선배가 인정하는 것뿐이었다.

두 사람이 헤어지고 싱고와 유리코는 당당하게 사귀었다. 좋아서 너무 좋아서 미칠 것 같은 것도 아닌데, 정신을 차리고 보면 그녀에게 사랑받고 싶어서 어쩔 줄 몰라 하고 있었다.

대학에서의 마지막 1년을 거의 유리코와 둘이서 보냈다. 돈이 없어서 만나는 곳은 언제나 유리코가 살고 있던 아파트였다.

잡지를 살 돈도 아까워서 역 앞에 있는 여행 대리점에서 팸플릿을 몇 권씩 갖고 와서 함께 보았다.

파리, 런던, 암스테르담. 또는 파리, 타이베이, 상하이 등 가고 싶은 순서대로 늘어놓기도 하고 갈 돈도 없으면서 둘이서 요금을 상세하게 조사하기도 했다. 그것만으로 즐거웠다. 그것만으로 행복했다.

그 뒤로 서로 대학을 졸업하고 유리코는 희망한 직종에 취직했지만, 싱고는 그러지 못했다.

날마다 바쁜 의미가 달랐다. 주말에 쌓인 피로의 질이 달랐다. 문득 서로의 사이를 돌아보니 함께 있어도 싱고는 푸념만 늘어놓고 있었다.

유리코가 이별 얘기를 꺼냈을 때, 싱고는 스스로도 놀랄 만큼 순순히 받아들였다. 자신의 환경을 바꾸지 않으면 자신을 바꿀 수 없을 것 같은, 그런 불안에 짓눌리고 있던 무렵이었다. 아파트를 나올 때 유리코의 눈에 살짝 눈물이 고였다.

헤어지고 한 달이 지난 뒤 싱고는 유리코에게 전화를 했다. 아직 받아들여 줄 거라는 자신이 있었다. 아니나 다를까, 유리코는 싱고의 방문을 허락했다. 헤어졌는데 헤어지기 전보다 더 세게 유리코를 안았다.

그리고 또 연락을 하지 않았다. 또 한 달이 지난 뒤 전화했다. 또 유리코는 받아 주었다.

그리고 두 달 뒤, 그리고 석 달 뒤. 유리코에게 연락이 오는 일은 없었지만, 싱고가 전화를 하면 만나 주었다.

할 수 없이 들어간 회사였지만, 일을 배우면서 점점 보람을 느끼게 되었다. 그 무렵 또 오랜만에 유리코에게 전화를 했더니 "좋아하는 사람이 생겼어"라고 했다.

"그러게. 우리 사귀는 거 아니었지, 그렇지."

장난스럽게 말할 수밖에 없었다. 유리코는 아무 대답도 하지 않았다.

"보고 싶어."

이번에는 진지하게 말했다. 수화기 너머에서 유리코의 목소리는 들리지 않았다.

"지금 갈게."

그렇게 말했다. 대답이 없다. 언제나 그랬다. 헤어진 뒤에는 전화를 해도, 보고 싶다고 말해도, 유리코는 아무 말도 하지 않고 그저 묵묵히 싱고를 받아들여 주었다. 기뻐하지도 않고 불평하지도 않고.

싱고는 택시를 타고 유리코의 아파트로 갔다.

평소 같으면 직접 아파트를 찾아갔을 테지만, 이날 밤에는 한참 앞에서 차에서 내렸다. 찾아가면 유리코가 받아 줄 거란 자신은 있었지만, 지금까지처럼 무신경함을 가장하고 받아들여 달라고 할 자신이 없었다.

산책길의 작은 광장에 들어가 낙서투성이인 공중전화로 유리코에게 전화를 했다. 유리코는 바로 받았다.

"나, 아무래도 너를 좋아해."

짧은 침묵 뒤에 그 말만 했다. 마음 한편으로 유리코가 기뻐해 주지 않을까 기대했다.

"……난 말이지, 이제 싱고를, 좋아하지 않아."

들려온 것은 그런 말이었다.

"그렇지만……."

그렇지만, 지금까지 연락을 하면 만나 주었잖아. 좋아하지 않는다면 어째서 지금까지 만나 준 거야.

금방이라도 그런 말이 입에서 튀어나올 것 같았다. 그러나 애써 삼키고 "……알아"라고만 했다. "우리, 이미 헤어졌다는 거."

유리코는 아무 말도 하지 않고 전화를 끊었다.

좋아하지 않기 때문에 오히려 태연히 만날 수 있었을지도 모른다. 산책길의 작은 광장에 벤치가 있었다. 문득 정신을 차리고 보니 나는 어깨를 떨며 앉아 있었다.

ESSAY
루앙프라방

라오스라는 나라를 의식한 것은 언제쯤이었을까. 기억을 더듬어 보면 벌써 10년도 전이지만 〈테나몬야상사 만복무역회사〉라는 코미디 영화가 있었는데, 그 마지막 장면에서 이름을 들었을 때가 최초였던 것 같다.

이 〈테나몬야상사〉, 개인적으로는 아주 좋아하는 영화다. 중국 관련 무역 회사에 취직한 주인공 고바야시 사토미 씨, 중국인 상사 역에 와타나베 켄 씨, 그 아내에 모모이 카오리 씨 등 지금 생각하면 캐스팅도 굉장히 호화로웠다.

가벼운 기분으로 무역 회사에 취직한 주인공이 일본과 중국의 습관과 영업 방식의 차이에 당황하면서도 타고난 낙천성으로 씩씩하게 성장해 간다는 줄거리로, 막 배운 중국어로 '가면무도회'를 부르면서 춤을

추는 장년이나, 고장 난 트럭에 방치된 수인공이 중국의 느긋한 시간 흐름을 피부로 느끼는 장면 등 10년 지난 지금도 선명하게 기억난다.

이 영화의 마지막 장면에서 와타나베 켄 씨가 연기한 왕 과장이 "이제 중국 분들도 영업 방식을 익혔습니다. 다음에는 라오스로 갑니다"라는 대사를 읊는다.

고작 10년 전의 영화지만, 이 대사만으로도 중국이라는 나라가 얼마나 극적으로 변화했는지 알 수 있다. 그리고 아마 이 때 나는 라오스라는 나라를 처음으로 의식했던 것 같다.

몇 년 뒤, 어느 잡지의 기획으로 베트남, 인도네시아, 라오스 중에서 골라 취재를 가지 않겠냐는 제안을 받았다. 당시 3개국 모두 가 본 적 없었지만 망설이지 않고 라오스를 선택했다.

일본에서 라오스까지는 직항이 없어서 일단 방콕에 가서 하룻밤을 잔 뒤 루앙프라방으로 가게 되었다.

도착한 방콕에서는 사이좋은 편집자와 포토그래퍼 모두 반야트리 호텔이라는 고급 호텔에 머물며 최상층에 있는 레스토랑에서 저녁을 먹었다.

이 레스토랑, 일본에서는 생각할 수 없지만 지상 45층에 있는 야외

레스토랑으로, 밤하늘에 던져 놓은 듯한 장소에서 식사를 한다.

"이런 있는 척하는 레스토랑, 실은 좀 체질에 안 맞아요."

포토그래퍼 A 씨가 그렇게 중얼거린 것은 전채에서 수프, 메인으로 이어지는 식사가 끝나고 디저트를 기다리고 있을 때였다.

"……도쿄에서도 세련된 레스토랑보다 철로 아래의 꼬치구이 집이 훨씬 편하더라구요."

A 씨의 얘기를 들으면서 '어느 쪽이 편하냐고 누가 묻는다면 나도 그쪽이려나' 하고 생각했다.

A 씨는 계속해서 자기가 좋아하는 여행 스타일을 얘기했다. 집단행동을 강요당하는 패키지여행보다는 자유여행, 호텔 등을 사전에 정하는 것보다는 닥치는 대로 배낭여행, 이른바 가난한 여행 쪽이 즐겁다고.

거기까지 듣고 문득 젊은 시절 기억이 떠올랐다.

당시 친구들 대부분이 이 배낭여행을 즐겼다. 친구에게 몇 번이나 같이 가자는 권유를 받은 적도 있다. "게스트하우스는 싸고, 식비를 줄이면 2주 정도는 체제할 수 있고" 운운하면서 가난한 여행의 즐거움을 들려주었다.

그러나 그때마다 내심 "다들 돈이 있구나"라는 생각을 했던 것 같디. 당시 월세가 싼 아파트에서 식비를 쪼개 가며 살 때여서 굳이 외국에까지 나가서 '도쿄'와 같은 생활을 할 필요는 없다고 생각했다.

❖❖❖

다음 날, 방콕에서 라오스의 고도(古都) 루앙프라방으로 향했다.

루앙프라방은 왕국 시대에 세워진 '왓 시엥통'이라는 아름다운 절을 중심으로 한 아주 작고 아주 아름다운 도시였다. 숙박한 호텔 창으로는 옆에 있는 작은 사원이 보이고, 선명한 오렌지색 가사(袈裟)를 걸친 소년 승려들이 오후 햇살 아래 좁은 그늘을 찾아 휴식하는 모습이 보였다.

호텔의 자전거를 빌려 바로 시내로 나갔다. 호텔과 사원이 늘어선 중심 도로는 바로 끝나고, 눈앞에 웅대한 메콩 강이 나타났다.

메콩 강가의 도로에 많은 게스트하우스가 있었다. 인터넷을 사용할 수 있는 작은 카페도 있었다. 강이 내려다보이는 테라스 석에서는 유럽에서 온 관광객들이 남국의 한낮을 한가로이 보내고 있었다.

민가가 늘어선 골목으로 들어서니 툇마루 위에 채소며 과일을 팔고 있었다. 시장이라기보다 각 가정에서 멋대로 장사를 하는 느낌으로, 물건은 널려 있지만 정작 주인의 모습은 보이지 않는 곳이 많았다. 그 중에 대여섯 살 정도의 자매가 오도카니 앉아 있는 가게가 있었다. 가게를 본다기보다 어쩌다보니 그곳에서 놀고 있는 것 같았다.

두 아이 앞에 자전거를 세우자, 안에서 아버지 같은 남성이 나타났다. 얼핏 보니 관광객이어서 채소를 살 손님은 아니라고 판단했는지, 약간 실망한 얼굴을 하고 딸들 옆에 앉았다.

나란히 기대앉은 자매가 너무나도 귀여워서 사진을 찍어도 되냐고 아버지에게 손짓 발짓으로 물었더니, "그러세요"라고 말하는 듯 웃어주었다. 여자아이는 카메라를 향해 아주 수줍은 표정을 지었다. 쑥스러운지 서로 상대의 등에 숨으려 했다.

찍은 사진을 두 아이에게 보여 주자 뺨을 맞대고 들여다보았다. 빛 때문에 잘 보이지 않는 것 같아서 카메라를 그대로 두 아이에게 넘겼다. 사진이 만족스러운지 즐겁게 웃으면서 몇 번이고 사진을 확인했다.

옆에 있던 아버지가 "고장 내겠나"라는 투의 말을 하자, 두 아이는 그제야 사진에서 눈을 떼고 카메라를 돌려주었다.

아담한 언덕에 서 있는 푸시 탑, 아름다운 쿠앙시 폭포 등 루앙프라방에는 가 보아야 할 곳이 수없이 많다.

그중에서도 가장 인상 깊었던 것은 호텔 창으로 보이는 광대한 야자수 원생림이다. 모래사장이나 길가에 드문드문 서 있는 야자나무라면 본 적이 있지만, 시야를 가득 메울 듯한 압도적인 야자수 원생림은 바라보고 있기만 해도 지구의 고동이 느껴졌다.

◆◆◆

루앙프라방 시내에서 메콩 강을 거슬러 간 곳에 '팍우'라는 동굴이 있었다. 아슬아슬한 절벽에 있는 동굴 안에는 사람들이 날라 온 4천 개 이상 되는 크고 작은 불상이 안치되어 있다.

동굴로 가는 작은 배 위에서 느낀 메콩 강의 차가움을 지금도 또렷이 기억한다.

시장의 그 자매를 다시 만난 것은 이 동굴에서 돌아왔을 때였다.

작은 배에서 내려 메콩 강을 등지고 긴 계단을 올라가니 전망대 같은 작은 휴게소가 있고, 예의 자매가 둘이 나란히 앉아 물끄러미 메콩 강을 바라보고 있었다.

두 아이 다 어제 만난 관광객의 얼굴을 기억하는지, 미소를 지어 보이니 또 수줍게 웃으면서 서로의 등에 숨으려 했다.

긴 계단이어서 두 아이 옆에서 잠시 쉬기로 했다. 두 아이는 또 눈 아래의 웅대한 메콩 강을 바라보았다. 두 아이의 볕에 그을린 뺨에 노을이 물들어 몹시도 아름다웠다.

두 아이는 그저 물끄러미 강만 바라보았다. 말을 나누는 것도 아니고, 정말로 물끄러미 바라보고 있는 두 아이의 눈동자에 메콩의 아름다운 물결이 또렷이 비쳤다.

그런 두 아이의 옆얼굴을 보면서 왠지 문득 방콕의 레스토랑에서 A 씨가 한 말이 떠올랐다.

"……도쿄에서도 세련된 레스토랑보다 철로 아래의 꼬치구이 집이 훨씬 편해요."

이유는 모른다. 다만 그렇게 말한 A 씨의 말과 거기에 공감한 자신의 모습이 선명하게 떠올랐다. 그리고 다음 순간 메콩 강을 바라보는 자매에게 이 말을 들려주고 싶었다.

이것도 이유는 모른다. 다만 문득 그런 생각이 들었고 나는 황급히 그 자리를 떠났다.

아직 이때의 느낌을 이해하지 못하고 있다. 그녀들에게 무엇을 듣고 싶지 않았던 걸까. 그녀들에게 무엇을 알리고 싶지 않았던 걸까.

그녀가 호시노 다쓰야를 다시 만난 것은 인터넷 사이트가 계기였다. 그녀는 프리랜서 라이터로, 주로 레스토랑 소개 등 음식 장르를 맡고 있었다.

어느 날 몇 번 일을 한 적이 있는 문화 잡지의 신입 편집자에게 전화가 걸려왔다.

시기적으로 장어 요릿집 특집을 부탁하려는 거겠지, 생각하고 있는데 짧은 인사 뒤에 "실은 다음다음 달 호에 싱글 몰트 특집을 생각하고 있습니다"라고 했다.

"예? 싱글 몰트? 제가 해도 되는 거예요?"

순간 전화를 잘못 걸었는가도 생각했지만, 그는 아까부터 분명히 내 이름을 부르고 있다.

그렇다면 기본적으로 누군가와 착각했을지도 모른다. 오해라면 일찌감치 깨닫게 하는 편이 좋다. 그러나 그가 정말로 착각하고 있는지 아닌지 알 수가 없다.

"요전에 늦게까지 고생하셨어요."

넌지시 떠 보려고 그렇게 말했더니 잠시 침묵이 이어졌다. 역시 뭔가 착각한 건가 생각했지만…….

"아아, 요전에요! 마지막에 니시아자부의 점쟁이가 있는 술집 갔을 때 말이죠? 이야, 정말 고생했습니다. 나카오 씨가 그렇게 마시는 분일 줄이야……."

장소도, 멤버도 제대로 기억하고 있었다. 참고로 나카오 씨라는 사람은 최근에 독립해서 자기 가게를 갖고 있는 초밥 장인으로, 취재를 겸해 마신 것이다.

"저기, 저는 괜찮지만……, 제가 해도 될까요?"

얘기가 나카오 씨의 인상에서 점을 본 결과 쪽으로 빠질 것 같아서 그녀는 재차 물었다.

"몰트를 좋아하는 배우를 만나 인터뷰를 하는 식이니까요."

전화를 끊은 뒤, 바로 정보 수집을 시작했다. 이야기를 전하려면 일단은 정보 수집, 그리고 모은 정보를 전혀 티 나지 않게 하는 것이 요령이다.

먼저 인터넷에서 여러 가게와 기사를 수집했다. 싱글 몰트는 인기있는 술이어서 동호회 사이트 같은 것만도 그 수가 상당했다.

결국 그녀가 찾은 곳은 싱글 몰트를 많이 취급하는 가게 주인들이 정보 교환 장소로 만든 사이트였다. 홋카이도의 아사히카와에서 오키나와의 미야코지마까지 전국의 바들이 각자의 가게를 소개하고 있었다.

도쿄 내에 있는 바도 몇 곳 있고, 그중에 전에 가본 적 있는 가게도 있었다. 누구하고 갔는지는 생각나지 않지만, 올라와 있는 가게 내부의 사진을 보니 왠지 애절한 기분이 들었다.

옆에 누가 있었는지도 모르면서 그곳에서 가슴 아픈 일이 있었던 것만은 기억하고 있다니 나도 나이를 먹었구나, 라고 그녀는 생각했다.

가게 리스트 중에 고향에 있는 가게가 딱 한 곳 있었다.

5년 전에 엄마, 그 이듬해에 아버지가 돌아가시고, 언니 부부만 남은 본가에는 최근에 거의 가지 않았다.

자매 사이가 나쁜 게 아니라 오히려 사이가 좋기 때문이라고 생각하지만, 한쪽은 세 명의 남자아이 엄마, 한쪽은 아직 독신인 프리랜서이고 보니 한 시간만 얘기하면 서로의 생활에 뭐라도 딴죽을 걸고 싶어진다.

한 군데 있는 고향의 바를 클릭하니, 시골 이미지와는 조금 동떨어진 중후한 바의 내부가 나타났다. 반질반질하게 닦인 카운터, 짙은 주홍색 벨벳을 쳐 놓은 벽 등은 긴자 일류 바에 뒤지지 않았다.

　흥미가 생긴 그녀는 가게 주인의 프로필을 보고 깜짝 놀랐다. 사진은 낯설었지만, 호시노 다쓰야라는 이름에 뭔가 탁 와 닿았다.

　그녀는 다시 사진을 보았다. 찬찬히 보고 있자니, 거기 있는 남자의 얼굴이 20년의 시간을 서서히 거슬러 올라갔다.

　고교 시절, 그녀는 수영부에 속해 있었다. 중학교 시절에는 제법 기록을 냈지만, 고등학교 들어가서는 아무리 연습을 해도 기록이 오르지 않았다.

　반쯤 지겹기도 하고 반쯤 그런 자신에게 변명이라도 하듯이 어영부영 지내다 보니, 어느 순간 선수라기보다 매니저 일을 우선으로 하고 있었다.

　호시노 다쓰야는 이 수영부의 1년 아래 후배였다. 중학교 시절에는 야구부였지만, 고등학교에 들어와서 뜬금없이 수영부에 들어왔다.

　신입생 시합에서는 전 종목 참담한 결과였고, 접영과 배영은 100미터 완영조차 못했다.

　비교적 명문 동아리여서 수영을 못하는 그는 튀었다. 제일 기록이 느린 여자 선수가 수영을 마치고 수영장에서 나와 타월로 머리를 닦고 있을 때까지도 아직 마지막 턴이 남아 있을 정도였다.

그래도 그는 매일 즐겁게 연습을 하러 왔다. 다른 선수들을 따라가지 못하는 그를 위해 특별히 만든 연습 프로그램을 하나하나 담담하게 해냈다.

한 달이 지나고, 두 달이 지나고, 드디어 여름이 되어 옥외 수영장에서 연습이 시작됐다.

답답한 실내 수영장에서는 모두 자기 기록에만 신경이 팔려 있어서 다른 코스에서 수영하는 그를 볼 생각도 하지 않았지만, 드디어 파란 하늘 아래 반짝반짝 빛나는 수영장에서의 연습이 시작되자 그 해방감에서인지 제일 가장자리 코스에서 수영하는 그의 폼과 속도가 딴사람이 돼 있다는 것을 발견했다.

그럴 때에 한 달 뒤로 다가온 신인전을 대비한 대회가 열렸다. 자기 기록을 가장 많이 단축한 것은 당연히 그로, 원래 잘했던 자유형에서는 웬걸, 1학년 일곱 명 중에서 당당히 3위를 기록했다.

그를 거의 보지 않았던 지도 선생님도 그의 약진에 놀랐다. 엄청 말이 없고 감정을 전혀 드러내지 않는 선생님이었는데,

수영을 마친 그에게 다가가 "열심히 했구나" 하고 어느새 근육이 생긴 그의 어깨를 두드려 주었다.

그 뒤에도 그는 대단한 기세로 자기 기록을 갱신해 갔다. 원래 소질이 있었는지 수영을 하면 할수록, 아니 물을 한 번 긁고, 한 번 찰 때마다 기록이 계속 올라가서 보는 사람도 재미있을 정도였다.

1년 뒤, 2학년이 된 그는 자유형에서는 동급생은 물론 3학년을 포함한 전 부원 중에서도 세 번째로 빠른 선수였다.

그해 여름, 그는 고교 체육대회 릴레이 선수로 뽑혔다. 릴레이 선수로 뽑힌 것은 2학년에서는 한 사람뿐이었다.

그리고 이 대회에서 그들은 라이벌 학교를 영 점 몇 초로 제치고 우승하여, 한 달 뒤에 오키나와에서 열릴 전국 대회 출전권을 거머쥐었다.

전국 대회에는 이 릴레이 외에 배영으로 우승한 여자 부원이 한 명, 그리고 지도 선생님이 매니저로 참가를 허락한 그녀, 해서 모두 여섯 명이 가게 되었다.

여섯 명 모두 오키나와는 처음이었다. 2학년 중에 혼자 참가하는 호시노는 처음 타는 비행기이기도 해서, 선배들 가방을 들면서도 공항에 도착했을 때부터 흥분해 있었다.

릴레이도, 여자 배영도 유감스럽게 전국 대회에서 결승에

진출할 기록은 아니었다. 그래서 4박 5일의 오키나와 여행은 어딘가 여유로운 분위기가 감돌았다.

다행히 릴레이도, 배영도 대회 후반 이틀에 경기하는 것으로 스케줄이 잡혀서 오키나와에 도착한 그날 모두 바닷가로 갔다.

지도 선생님도 별로 막지 않았다. 시합용 수영복을 입고 하얀 모래사장을 뛰어다니고, 바다에 들어가면 저 먼 바다까지 헤엄쳐 가는 이 일행은 해변에서도 몹시 눈에 띄었을 것이다.

그날 밤 싸구려 호텔에서 양이 적은 저녁식사를 마치고, 한 시간 지나자 배가 고파져서 그녀와 호시노가 대표로 조금 떨어진 곳에 있는 맥도날드에 가게 되었다.

나하 시내의 교외여서 야자수 원생림이 남아 있는 장소였다. 파란 달에 비친 야자수 잎이 남국의 밤바람에 흔들렸다.

"우리가 졸업하면 호시노가 주장이겠구나."

"선배는 졸업하면 도쿄로 갈 거죠?"

그런 대화를 하면서 거닌 기분 좋은 밤 산책이었다.

맥도날드는 어두운 외길 도로 한 곳에 덩그러니 있었다. 넓은 주차장에 파란 조명을 받은 야자수가 즐비했다.

환한 가게 안으로 들어간 두 사람은 카운터에 나란히 서서 메모장에 적어간 대로 주문을 했다.

주문을 받는 여자아이는 다홍색 피부를 가진 어딘가 이국적인 소녀였다. 하나로 묶은 까만 머리가 가게 조명에 반짝거렸다.

둘이서 대량의 햄버거를 안고 또 호텔을 향해 밤길을 걸었다. 올 때는 밝게 떠들던 그가 왠지 조용했다. 그리고 몇 번이고 멀어져가는 맥도날드를 돌아보았다.

다음 날 오전에 대회 수영장에서 잠시 수영을 했다. 다이빙대와 터치판의 상태, 그리고 무엇보다 물의 감촉을 몸에 익혔다.

짧은 연습을 마치고 오후에는 지도 선생님을 따라 나하 관광을 했다.

도중에 들른 잡화점에서 귀여운 동전 주머니를 열심히 보고 있는 호시노 다쓰야의 모습을 보았다. 여동생에게 줄 선물인가 물어보니, 그는 "아뇨, 아닙니다"라며 진지하게 고개를 저었다.

그때 그곳으로 다른 남자아이가 다가와서 "앗, 호시노, 너 진짜냐? 정말로 그런 걸 그 아이한테 줄 생각이야?" 하고 놀렸다.

"그 아이라니?"

"어제 맥도날드에서 본 아이한테 첫눈에 반했대."

순간 어안이 벙벙했지만, 돌아오는 길에 말을 걸어도 건성으로 대꾸하던 그의 모습이 떠올랐다.

결국 그는 그날 밤 한 번 더 맥도날드에 간 것 같다. 남자아이들이 재미있어 하며 따라갔지만, 안에까지는 들어가지 않고 밖에서 그의 모습을 지켜보았다고 한다.

다행히 그녀는 카운터에 있었다. 몇 팀의 손님이 줄을 서 있어서 그는 줄이 끝나기를 꼼짝 않고 기다렸다.

이윽고 카운터가 비자 그는 곧장 그녀에게 다가갔다. 잡화점에서 예쁘게 포장한 선물과 짧은 편지를 그녀에게 건넸다. 편지에는 그날 밤 일이 끝날 때까지 밖에서 기다리겠다고 썼다.

그녀는 몹시 놀랐던 것 같다. 주문을 받으려고 하는데 갑자기 그런 걸 내밀면 누구라도 눈이 동그래지는 게 당연하다.

선물과 편지를 건넨 그는 아무것도 사지 않고 가게를 나왔다. 남자아이들에게 놀림을 받으면서도 그는 어두운 밤길을 빠른 걸음으로 걸었다. 몇 번이고 "휴우" 하고 크게 한숨을 쉬면서.

그날 밤 그는 혼자서 호텔을 빠져나갔다. 남자아이들도 재미있어 하긴 했지만 따라가진 않았다. 돌아온 그의 손에는 아까 건넨 선물이 들려 있었다고 한다.

인터넷에서 우연히 그의 이름을 발견하고 바로 메일을 보냈다.
그에게 답장이 온 것은 다음 날로, 몹시 반가워하는 내용이었다. 그녀가 쓴 잡지 기사를 읽은 적도 있다고 했다.
마지막으로 다음 주에 도쿄에 갈 테니 시간 나면 만나자고 했다. 그녀는 '기꺼이'라며 메일을 보냈다.
거의 20년 만에 다시 만난 건 그의 친구가 하고 있는 요요기의 바에서였다. 어릴 때부터 같은 바에서 일한 적이 있는 듯, 함께 싱글 몰트의 성지 아일라 섬에도 간 적이 있다고 한다.
20년만의 재회는 추억 이야기와 동료들의 근황 보고로 금방 시간이 지났다. 그의 약지에 결혼반지가 있는 것은 처음부터 알고 있었지만, 굳이 묻지 않았다.
서로 즐겁게 마시고 슬슬 가게도 문 닫을 때가 됐을 무렵 그녀는 오키나와 얘기를 꺼냈다.
그는 수줍은 듯이 "아이참, 그런 일을 잘도 기억하고 있네요"라며 웃었다.
그런 그의 모습을 바라보면서 약지에 낀 결혼반지에 시선이 갔다. 혹시 그의 아내가 아니, 그런 일은 있을 리 없지만 혹시라도 그때 그 아이라면, 하고 내심 은근히 기대했다.

6
춤추는 뉴욕

뉴욕은 가을이 가장 아름답다고 한다.

오자와 나오토가 뉴욕에 도착한 것은 9월 중순, 바로 이 도시가 가장 아름다운 계절을 맞이할 무렵이었다.

다만 공교롭게 기분은 최악이었다. 로스앤젤레스에서 함께 대륙 횡단을 해온 우메미야가 혼자 택시를 타고 나오토 앞에서 사라져 버렸다.

원래는 이 우메미야에게 "대학 시절 마지막 여름방학이고, 어차피 서로 애인도 없으니 차로 미국 대륙 횡단이라도 해보지 않을래?"라는 제안을 받은 게 여행의 시작이었다. 돈이 없는 나오토가 단박에 거절하자, 어지간히 가고 싶었던지 혼자 가는 게 불안했던 우메미야는 "알았어. 왕복 항공권과 렌터카 비용은 내가 댈게!" 하고 나오토 코앞에 꽤 큰 당근을 달랑거렸다.

우메미야의 본가는 워낙 부자여서 대학 입학 축하 선물로 아들에게 차를 사 주는 부모였다.

이 당근을 앞에 두고 나오토는 곧 다가올 여름방학을 생각했다. 어차피 일본에 있어도 아르바이트로 하루하루를 보낼 뿐이다. 꼬치구이나 맥주를 날라 봐야 하루 고작 6천 엔, 그걸 쉬지 않고 한 달 계속해도 18만 엔밖에 되지 않는다.

한쪽은 무료로 기분 좋은 드라이브, 한쪽은 땀투성이가 되어 아르바이트. 나오토는 별로 고민할 것도 없이 "괜찮네, 미국. 둘이서 즐겁게 가 보자!" 하고 우메미야의 어깨를 쳤다.

출발은 8월 중순이었다. 추석 무렵이긴 했지만, 왠지 신이 두 사람을 축복해 주듯이 마침 로스앤젤레스행 특가 티켓이 딱 두 자리 남아 있었다.

4주에 걸친 미국 횡단. 출발 사흘 전부터 잠을 못 이룰 정도로 흥분 상태였다.

로스앤젤레스에서 차를 빌려 요세미티, 브라이스 캐니언, 아치스 등의 국립공원을 비교적 시간을 들여 한가롭게 돌았다.

잇따라 눈앞에 나타나는 웅대한 경치에, 솔직히 너무 좋아서 배를 잡고 웃어대고 싶을 정도였다.

사건이 일어난 것은 그랜드 캐니언에서 모텔을 찾아 시골

길을 달릴 때였다. 핸들을 잡은 우메미야가 졸음운전이라도 했는지 마주 오는 차에 부딪칠 뻔해서 황급히 핸들을 꺾은 것까지는 좋았는데, 그대로 밭으로 돌진하여 차가 옆으로 쓰러져 버렸다.

다행히 둘 다 다친 데는 없어 바로 렌터카 회사에서 이런저런 처리를 해 주었지만, 우메미야는 앞으로 절대 차를 타지 않겠다고 선언했다.

부잣집 도련님은 한 번 내뱉으면 번복하지 않는다. 아무리 설득해도 "안 타" 하고 고집을 부렸다.

그래서 "그럼 돌아갈까?" 물었더니 "아니, 돌아가는 항공권은 변경하지 못 하니까 예정대로 다닐 거야. 그러나 교통수단은 비행기야"라고 했다.

일단 비행기로 플로리다에 가서 거기서부터는 최종 목적지인 뉴욕으로 갈 거라고.

"비행기 값 내 준다면 난 좋아." 나오토가 말했다. 부잣집 도련님은 말귀를 잘 알아들었다. 그러나 우메미야의 입에서 나온 것은 "반이라면 내주지"라는 무정한 대답이었다.

우메미야의 지갑을 믿고 돈이라곤 식비 정도밖에 갖고 오지 않았다. 갑자기 그런 말을 하면 "그럼 나를 죽이고 가!" 하고 큰 대 자로 나자빠지는 것밖에 방법이 없다.

그렇다고 정말로 두고 가면 큰일이다. 눈앞의 웅대하고 아름답던 경치가 순식간에 불편하고 쓸쓸한 피난지로 보였다.

할 수 없이 있는 돈을 다 털어서 비행기로 이동하기로 했다. 그러나 예상대로 사이가 틀어진 남자 둘이서 플로리다 해변에 뒹구는 게 재미있을 리 없었다. 최악의 일주일을 플로리다에서 보내고 드디어 뉴욕에 내렸던 것이 시내가 최고로 아름답다는 가을이 막 시작될 참이었다.

플로리다에서는 식사도 따로따로 했다. 나오토가 모텔 방에 있으면 우메미야가 외출하고, 우메미야가 있으면 나오토가 해변을 산책했다.

뉴욕 공항에 도착하자 과연 우메미야도 인내의 한계에 달했는지, 돌아가는 항공권만 나오토에게 건네고 바로 택시를 타고 자취를 감추었다. 남겨진 나오토는 기가 막혔다. 지갑에는 50달러밖에 남아 있지 않다. 50달러로 일주일. 우메미야가 없다는 것은 잘 곳도 없다는 말이 된다.

마침 택시 승강장에 일본인 남학생이 세 명 서 있었다. 일주일에 겨우 50달러. 이렇게 된 바에야 창피함이고 뭐고 없다. 나오토는 얼른 같이 타지 않겠냐고 말을 걸었다.

순간 떨떠름한 표정을 지었지만 "택시비를 분담하면 싸지고 좋잖아" 하고 제안했더니 비교적 순순히 승낙해 주었다. 차 안에서는 세 사람을 재미있게 해 주며 이상한 인간이 아님을 알렸다. 여차하면 이 세 사람에게 돈을 빌릴 수밖에 없다.

택시를 타고 다리를 건너 드디어 맨해튼 섬으로 들어서자, 드디어 그렇게 동경하던 뉴욕에 왔다는 사실에 감개가 무량했다.

솔직히 만약 우메미야의 계획에 뉴욕이 들어 있지 않았더라면 아무리 공짜라고 해도 거절했을 거다. 다만 이 도시의 무엇이 그렇게 자신을 매혹시켰는지는 알 수 없다. 세 사람을 웃기는 일도 잊고, 나오토는 택시 창에 코를 갖다대고 우뚝 서 있는 빌딩들을 하염없이 올려다보았다.

택시에서 내리자 마찬가지로 흥분해 있던 세 사람이 두리번두리번 빌딩을 올려다보면서 앞으로 걸어갔다.

나오토도 일단 뒤를 따라갔지만, 문득 이대로 사라지면 택시비를 내지 않아도 된다는 악마의 속삭임이 들려왔다. 겨우 10달러도 안 되는 금액이긴 하지만, 50달러밖에 갖고 있지 않은 나오토에게는 큰돈이었다.

세 사람이 얘기에 정신이 팔려 있는 틈에 나오토는 골목길로 스윽 들어갔다. 태어나서 처음으로 하는 무임승차에 심장이 소리가 들릴 정도로 쿵쾅거렸지만, 뒤도 돌아보지 않고 어디로 이어지는지도 모를 길을 자꾸자꾸 걸어갔다. 만약 들키면 길을 잃었냐고 하면 된다.

다행히 세 사람이 쫓아오는 일은 없었다. 자신이 어디에 있는지도 몰랐지만, 어쨌든 10달러는 내지 않아도 됐다.

그러나 택시비는 어떻게 해결했다 해도 일주일이나 머물 숙소가 없는 상황에는 변함이 없다. 우메미야가 공항에서 버리고 갔을 때는 일주일 동안 공항 벤치에서 잘까 생각했을 정도다.

도쿄에서라면 공원 벤치에서 자면 되지만, 아무래도 뉴욕에서는 공원에서 잘 용기가 없었다.

그날 나오토는 맨해튼을 반나절이나 걸어 다녔다. 저녁 무렵, 지칠 대로 지쳐서 5번가의 맥도날드에 들어갔다. 만 하루 동안 아무것도 먹지 않아서 미국의 거대한 햄버거조차 조그맣게 보였다.

여차하면 이 가게에서 밤을 새우자. 그렇게 생각한 바로 그때였다. 조금 떨어진 자리에서 혼자 햄버거를 먹는 일본인 같은 여자아이의 모습이 보였다. 다람쥐가 나무 열매를 먹듯이 조그만 입으로 햄버거를 먹고 있었다.

밑져야 본전이다. 고민만 해 봐야 상황은 달라지지 않는다.

나오토는 과감하게 자리에서 일어나 일본인으로 보이는

여자아이에게 말을 걸었다. 우선 어설픈 영어로 일본인인지 묻자 "예" 하고 조금 놀란 얼굴을 했다.

그다음에는 자신도 무슨 소리를 떠들었는지 기억나지 않는다. 지갑에서 면허증과 학생증을 꺼내 신원을 증명하고, 우메미야와의 우여곡절 여행 얘기, 그리고 현재의 상황을 주위 시선도 아랑곳하지 않고 마구 지껄여댔다. 처음에는 겁을 먹고 물러나던 여자아이도 플로리다에서의 싸움을 재현할 즈음부터 그 얼굴에 미소가 서렸다.

"죄송합니다. 그래서 말입니다만 일본에 돌아가면 꼭 보내 드릴 테니 돈 좀 빌려 주시지 않겠습니까?"

테이블에 이마를 비비듯이 붙이고 사정했다. 설마 동경하는 뉴욕에 도착한 첫날 이렇게 엎드려 빌게 될 줄은 생각지도 못했다.

"빌려 주는 건 좋지만, 지금 갖고 있는 돈이 하나도 없어요. 혹시 괜찮다면 우리 집에 같이 갈래요? 사촌 언니랑 살고 있는데 언니라면 현금이 좀 있을 거예요."

엉겁결에 울음을 터트릴 뻔했다. 그곳이 손님 많은 맥도날드가 아니었다면 분명 소리를 질렀을 것이다.

그녀를 따라 태어나서 처음으로 뉴욕 지하철을 탔다. 상상했던 것보다 승차감이 좋았다.

그녀는 나오토보다 두 살 아래였다. 반년 정도 전에 뉴욕에 와서 발레 교실에 다니고 있다고 한다. 듣고 보니 발레를 하는 여자아이 특유의 근사한 자세였다.

들어 본 적도 없는 이름의 역에서 내리니 바로 그녀의 아파트였다. 아파트 입구에서 몇 분 기다리고 있자, 미술 공부를 한다고 하는 사촌 언니를 데리고 내려왔다.

예상과 달리 사촌 언니는 상당히 연상으로 서른은 넘어 보였다. 그녀는 통 크게 5만 엔 정도의 현금을 빌려 주고, 여자아이에게 워싱턴 어딘가에 있는 싼 호텔을 가르쳐 주라고 충고까지 해 주었다.

믿지 못하는 건 아니지만 신분증을 메모하겠다고 해서 나오토는 얼른 지갑에서 신분증을 꺼냈다.

그녀는 발레 연습을 쉬는 날이었는지, 워싱턴 어딘가에 있는 싼 호텔까지 안내해 주었다. 나오토는 빌린 돈이긴 했지만, 5만 엔이나 있으니 근처 레스토랑에서 그녀에게 푸짐한 샐러드를 대접했다.

알고 보니 사근사근 얘기를 잘하는 여자아이였다. 뉴욕에 온 이유. 뉴욕에서 사촌 언니와의 생활. 그리고 이 도시에서 실수담 등 어느새 두 시간이나 레스토랑에서 그녀의 즐거운 얘기를 듣고 있었다. 게다가 시간이 있으면 내일 발레 교실에

놀러 오지 않겠냐고 청해 주었다.

시간이라면 씩어 날 정도로 많아서 기꺼이 다음 날 견학하러 가겠다고 대답했다. 얘기를 하다 보니 시간이 너무 늦어져서 이번에는 나오토가 지하철을 타고 그녀를 아파트까지 데려다 주었다. 빌린 돈이긴 했지만, 뉴욕에서 여자를 집까지 바래다주는 일은 제법 기분이 좋았다.

헤어질 무렵에 그녀는 호텔이 있는 역 이름과 발레 교실 지도를 그려서 나오토에게 쥐어 주었다.

공항 벤치에서 자는 것도, 24시간 영업하는 맥도날드에서 보내는 것도 양쪽 다 지옥이라고 생각했던 일주일이 어느새 이렇게도 즐겁게 시작되고 있었다.

다음날부터 나오토는 매일 발레 교실에 다녔다. 발레 교실이 있는 낡은 빌딩에는 바깥에 인터폰이 있어서 첫날에는 꽤 번거로웠지만, 사흘째부터는 나오토가 인터폰을 누르고 2초 정도 꼼지락거리고 있으면 "Naoto?" 하고 안내하는 여성이 바로 문을 열어 주었다.

교실에서 뭘 하는 것도 아니었다. 천장이 높은 플로어에는 햇살이 눈부시게 쏟아지고 있고, 그곳에서 그녀를 포함한 댄서들이 한 줄로 서서 다리를 올리고 있다.

나오토는 복층의 작은 관객석에서 지치지도 않고 그것을

바라보고 있을 뿐이었다.

연습이 끝나면 그녀가 여러 곳에 데려가 주었다. 페리보트로 자유의 여신상도 보았고, 록펠러 빌딩에도 올라갔다. 그녀를 좋아하게 됐느냐고 물으신다면, 그런 건 아니다. 아마 그녀도 자신을 연애 대상으로는 보지 않았을 거라고 나오토는 생각한다.

드디어 일본으로 귀국하는 날, 나오토는 아침 일찍 발레 교실로 작별 인사를 하러 갔다. 그녀는 짧은 휴식 시간에 복층으로 와서 "일주일이 이렇게 짧네요"라고 했다.

나오토는 "여러 가지로 정말 고마웠어요" 하고 머리를 깊숙이 숙였다.

공항에 도착하자 뚱한 얼굴의 우메미야가 있었다. 지난 일주일 동안 그리 즐겁게 보내지 않았다는 것을 그 표정으로 바로 알았다. 나오토는 일부러 똑같은 표정을 지었다. 그러나 왠지 진심으로 "데려와 줘서 고마워"라는 인사가 우러나왔다.

귀국해서 나오토는 바로 빌린 돈을 보냈다. 덧붙인 긴 편지에 그녀에게서 답장이 오고, 반년 정도 근황 보고를 나누는 펜팔이 이어졌다.

그러나 그녀에게서 오는 편지는 갈수록 짧아지다 "일본에 돌아갈지도 몰라" 하는 말이 많아지더니, 어느 순간 뚝 끊겨 버렸다. 나오토는 답장을 기다리지 않고 두 번 정도 편지를 더 보냈지만, 아무리 기다려도 그녀에게서 답장은 오지 않았다.

참고로 택시비를 내지 않고 도망쳤던 3인조와는 발레 연습 후 그녀가 데려가준 MoMA에서 딱 마주쳐 버렸다.

나쁜 짓을 하고 못 사는 법. 나오토는 "너희들을 놓쳐서 말이야"라고 거짓말을 했지만, 정확히 자기 몫의 요금은 주었다.

ESSAY
오 슬 로

'가장 좋아하는 유럽의 도시는?' 하고 묻는다면 '오슬로'라고 대답할지도 모른다. 이곳에 간 것은 작년 북유럽 4개국을 도는 여행 중이었다.

오슬로는 아주 아담한 도시로 역과 왕궁에 낀 고작 3킬로미터 남짓한 일대에 모든 것이 있다고 해도 과언이 아니다. 실제로 역에서 호텔로 슈트케이스를 덜그럭덜그럭 끌고 걸어가는 동안에 오슬로 대성당, 국립극장, 시청사 등 가이드북에서 소개한 주요 건물의 대부분을 볼 수 있었다.

그게 오슬로에 도착한 다음 날 오후였던가. 문득 생각이 나서 호텔에서 교외 쪽으로 걸어 보았다. 시가지에는 카페가 즐비하고 도시 전체가 공원 같은 인상이었지만, 약간 교외로 나가는 순간 고요한 주택지가 뻗쳐졌다.

좀처럼 전차가 지나다니지 않는 노면전차의 선로를 따라 걸어가니, 주택가 한 모퉁이에 조그마한 카페가 아담하게 있었다. 아마 'MOCCA'라는 이름이었을 거다.

유리벽으로 된 가게 안을 들여다보니 물색을 바탕으로 한 북유럽틱한 세련된 인테리어에 카운터 석 다섯 개, 4인용 테이블 석 세 개가 나란히 있는 편안해 보이는 카페였다. 시내에서 떨어져 있어서 손님은 지역 사람들뿐인 듯, 어슬렁거리며 들어오는 일본인을 보고 순간 시선이 집중되었지만 오래 머물지는 않았다.

카운터에서 살짝 미소를 지어 주는 젊은 여성 스태프에게 카푸치노를 주문하고 창가 테이블 석에 앉았다.

가게 안에는 피아노곡이 흐르고 있었다. 옆의 옆 테이블에는 노부부가 앉아 있었다. 직접 만든 것인지 랩에 싼 쿠키를 한 손에 들고 별 얘기도 없이 거리를 내다보고 있다. 카운터에 나란히 앉아 있는 게이 커플의 발치에는 커다란 골든 레트리버가 뒹굴고 있다가, 이쪽을 보더니 흥미 없다는 듯이 커다랗게 하품을 했다. 좀 전까지 한 대도 지나가지 않았던 노면전차가 무슨 일인지 석 대나 연거푸 지나갔다.

◆◆◆

카페 하니 생각난다. 바로 지난 달 일인데, 상당히 마니악한 여성 편집자를 따라 태어나서 처음으로 '메이드 카페'와 '집사 카페'라는 곳에 발을 들였다.

양쪽 가게의 회원 카드까지 갖고 있는 그녀가 끈질기게 권하기는 했지만, 어린 시절부터 만화라곤 읽지 않아서 국민적 영화인 지브리 작품조차 〈루팡 3세—칼리오스트로의 성〉밖에 본 게 없을 정도다. 그쪽 영역과는 무관한 사람이어서 계속 이런저런 이유를 대며 거절했다.

그러나 너무 열심히 청하니 점점 미안한 마음이 들어 할 수 없이 무거운 엉덩이를 들게 되었다.

먼저 간 곳은 '집사 카페'라고 불리는 커피숍이었다.

"집사 카페라니, 남자 손님이 들어가도 되는 건가요?"

나로서는 당연한 질문이라고 생각했지만, 그녀는 왠지 황당한 표정이었다.

"당연히 들어갈 수 있죠."

가게에 들어가자 집사 대장 같은 남성이 무슨 일인지 대합실에서 기다리게 했다. 잠시 기다리고 있으니 "이리 오세요" 하고 불러서 두꺼운

문 앞에 섰다. 다음 순간, 스윽 열린 문 너머에 젊은 집사가 서서 "어서 오십시오" 하고 맞이해 주었다.

안내 받은 가게 안은 고급 호텔 살롱 같은 구조로, 만석이었다. 얼핏 보니 남성 손님도 더러 있었다.

간단히 말하자면 고급 레스토랑에서의 봉사에 '아가씨'니 '주인님' 같은 말이 붙는다고 하면 맞을까.

자리에 앉으려고 하니 의자를 당겨 준다. 정중하게 메뉴 설명을 해 준다. 주문한 홍차를 따라 주고, 다 마시면 바로 리필을 부어 주고, 화장실에 가려고 일어서면 입구까지 안내해 준다. 별표가 붙은 레스토랑이라면 아마 보통 서비스일 거다. 다만 거기에 "더 드릴까요, 아가씨?"나 "화장실은 이쪽입니다, 주인님" 같은 묘한 호칭이 붙을 뿐이다.

언제나 예약으로 꽉 찬다고 들어서 "저기, 뭐랄까. 그냥 평범한데요?"라고 솔직한 감상을 얘기하자, 그녀도 "평범해요"라고 대답했다.

너무 평범해서 주위 테이블도 관찰했다. 4인조 여성 손님은 파이 같은 걸 입으로 가져가면서 담당 집사와 날씨 얘기 같은 걸 하고 있었다. 조금 떨어진 테이블에서는 더블데이트인지 두 커플의 소년 소녀가 긴장한 얼굴로 홍차를 마시고 있었다.

"역시 평범하군요." 새삼스럽게 말했다.

"그러니까 평범하다고요." 그녀도 대답했다.

뭔가 여우에게라도 홀린 듯한 느낌으로 가게를 나와 예정대로 다음은 메이드 카페로 갔다.

솔직히 집사 카페에 비하면 메이드 카페 쪽이 훨씬 이미지도 쉽게 떠오른다. 가게에 들어가니 먼저 중학교나 고등학교 교실에서 사용되는 책상이 죽 늘어서 있는 것이 눈에 들어왔다. '설마 이 책상에서 커피를?' 하고 불안해하고 있으니, 이쪽은 1인용이었는지 애니메이션 캐릭터로 분장한 웨이트리스가 안쪽의 평범한 테이블로 안내해 주었다.

집사 카페에 비하면 서비스는 지극히 평범해서, 이상한 차림만 하지 않았더라면 어디에나 있을 옛날 커피숍이나 양식집으로밖에 보이지 않았다.

생맥주를 주문하고 웨이트리스가 주방으로 모습을 감춘 뒤 "메이드 차림이 아니네요?" 하고 물어보았다.

메이드 카페라고 할 정도라면 모두 메이드 차림을 하고 있을 거라고 단순하게 생각했던 것이다. 그녀는 지금 온 웨이트리스가 무슨 코스프레를 하고 있는지 가르쳐 주었지만, 지식이 없는 데다 흥미도 없어서 결국 그 긴 이름을 기억하지 못했다.

"메이드 차림을 하지 않아도 되는군요?" 집요하게 물어보았다.

"돼요. 자기가 하고 싶은 차림을 해도."

"예? 저거, 자기가 하고 싶은 대로 하는 거였어요? 가게 제복이 아니고?"

내 딴에는 상당히 정당한 놀람이었는데 그녀는 또 눈이 동그래졌.

가게 안에는 퇴근길의 젊은 샐러리맨이 생맥주를 마시고 있고, 좀 떨어진 자리에서는 대학생으로 보이는 그룹이 모여 돈가스카레를 먹고 있었다.

"뭔가 평범하네요."

"평범하다니까요."

생맥주를 한 잔씩 마시고 가게를 나와 저녁을 먹자고 해서, 역 빌딩의 식당가에서 닭 꼬치구이 집에 들어갔다. 주문을 받으러 온 것은 하피(상호나 상표를 등이나 옷깃에 염색한 옛날 겉옷 — 옮긴이) 차림에 머리에 띠를 묶은 젊은이였다. ……이런, 여기가 더 평범하지 않네.

◆ ◆ ◆

오슬로 교외에서 무심히 들렀던 카페에서 카푸치노를 마시고 있으니, 예닐곱 살 정도 돼 보이는 남자아이 둘이 뛰어 들어왔다. 피부색도 눈동자 색도 달라 형제로는 보이지 않았다. 엄마들이 뒤따라오나 싶었는데, 둘이 카운터에서 주문을 하고 옆 테이블에 나란히 앉더니 달랑거리는 다리로 갖고 온 축구공을 굴리면서 얘기를 나누었다.

두 꼬마가 주문한 것은 오렌지 주스였다. 테이블에 날라다 준 주스를 마시면서도 계속 말을 나누며 발밑으로는 연신 서로 공을 찼다.

공에 흥미를 보인 골든 레트리버가 천천히 일어나 두 사람 발치로 다가갔다. 그러나 귀찮게 하지는 않고, 두 사람 발밑에 몸을 쭉 뻗고 누워 또 커다랗게 하품을 했다.

꼬마들은 주스를 다 마시고 바로 자리에서 일어나 가게를 나갔다. 잔을 정리하러 온 젊은 여성 스태프가 내가 들고 있던 일본어 가이드북을 발견하고 "다들 그 책을 갖고 있더군요"라며 미소 지었다.

테이블에 두었던 것은 《세계를 간다》였다.

"어디서나 구입할 수 있는 유명한 가이드북이어서요."

"그 책에 이 가게가 실려 있어요?"

그녀의 질문에 나는 고개를 저었다. 그 이상 대화는 없었다.

컵에 남은 카푸치노를 마시면서 또 바깥 도로를 내다보았다. 교외의 작은 카페에 들러 무엇을 기대한 건 아니었지만 '평범하구나' 하는 생각이 문득 들었다. 여행지에서 발견하는 평범함은 어째서 이렇게 사랑스러울까.

7
동경화
東京畫

　우노 마사오가 고층 호텔 방 안에서 눈을 뜬 것은 오후 2시 지나서였다.

　어제 요코하마 시내의 한 호텔에서 열린 사촌 동생 결혼식이 끝난 뒤, 오랜만에 만난 친척들과 한잔하게 되었다. 모처럼 규슈에서 왔는데, 하면서 이 술집, 저 술집으로 끌려 다닌 끝에 술을 마시지 않은 사촌 형 아내의 차로 이곳 시나가와 호텔로 돌아온 것이 새벽 3시. 그래도 바로 잠들었으면 좋았을 것을, 좀처럼 머물 일 없는 호텔 침대에 뒹굴고 있으니 NHK 위성 방송도 나오지 않는 집보다 훨씬 채널 수가 많은 텔레비전을 켜놓고 영어도 모르는 주제에 CNN이니 BBC니, 심지어 알자지라까지 보다가 정신을 차리고 보니 창밖은 완전히 환해졌다.

　기분 좋게 취한 채로 마사오는 창가로 가서 놀라울 정도로 이른 도쿄의 일출을 바라보았다.

"요코하마에서 식이 있는데 어째서 시나가와에 호텔을 잡은 거야? 요코하마와 도쿄는 꽤 떨어져 있지 않아?"

인터넷으로 찾고 또 찾아서 '도쿄 2박 3일 특가 투어'를 신청한 날 밤, 아내 요코는 그렇게 말하며 고개를 갸웃거렸다.

처음에는 아이들도 데리고 넷이서 올 예정이었지만, 그렇게 되면 15만 엔은 가뿐히 깨지고, 거기다 부조금까지 합하면 집을 신축한 지 얼마 안 되는 우노 가에서 쉽게 나올 만한 금액이 아니었다.

"식은 요코하마지만, 다음 날 도쿄에 있는 고등학교 동창생들하고 한잔할까 하고."

마사오의 말에 요코는 이해가 되는지 "그렇구나. 스기우라 씨네랑?" 하고 벌써 12년도 전에 결혼식에 와 주었던 친구의 이름을 거론했다.

"응. 스기우라한테도 연락해 보고. 그리고 시마모토라는……."

"시마모토라면 그 소설가?"

"응."

"정말 친했어?"

"친했다고 몇 번이나 말했잖아."

"그렇지만 벌써 20년 가까이 만나지 않았잖아? 연락 돼?"

"시마모토의 본가에 전화했더니 여동생이 연락처 가르쳐 주었어."

"있지, 히로타하고 같은 반인 카논이라는 아이 엄마가 그 시마모토라는 사람 책, 전부 다 읽었대. 사인 좀 받아 와."

"받는 거야 별거 아니지만, 시마모토가 그렇게 유명해?"

"잘 모르겠는데 아는 사람들은 알지 않을까."

시마모토와는 고등학교 3년 내내 같은 반이었다. 이를테면 방과 후에 문화제나 체육대회로 다들 바쁠 때, 마사오가 교실에서 스윽 빠져 나가면 거기에는 반드시 시마모토의 모습이 있는 수준의 소극적인 교제이긴 했지만, 함께 보낸 시간이 많았다.

그리고 20년 가까이 흐른 지금 "친한 친구였어?"라고 물으면 당당히 "그럼" 하고 끄덕일 수 없는 부분도 있지만, 만약 그 당시 누군가에게 같은 질문을 받는다면 그 자리에서 둘 다 입을 모아 "설마. 이런 놈하고 내가 왜" 하고 당당히 부정할 수 있을 정도로, 친한 친구였지 않을까 생각한다.

고등학교를 졸업하고 마사오는 지방 대학에 남고, 시마모토는 도쿄로 대학을 갔다. 가끔 고향에 내려오면 제일 먼저 마사오의 집에 연락이 와서 여자아이들을 꼬여 드라이브를 가기도 하고, 술도 마시고, 해수욕장에 가기도 했다.

대학을 졸업한 뒤에 마사오는 초등학교 교사가 됐다. 시내 초등학교에서 5학년을 가르치다 거기서 아내 요코를 만나 결혼해서 그 후 낙도에 5년, 다시 시내로 돌아온 지 6년째가 된다.

대학을 졸업할 무렵에는 시마모토와의 연락도 끊겨 있었다. 고등학교를 졸업하고 1, 2년 사이라면 모르지만, 3, 4년이 되면 서로 다른 세계가 확실하게 생겨서 이따금 만나도 공통된 얘깃거리가 없어진다.

마사오는 결혼식에 시마모토를 부르지 않았다. 일단 말이라도 해 보려고 연락을 했지만, 도쿄에서 제대로 취직도 못해 빈둥거리고 사는 듯한 시마모토는 "미안, 돈이 없어" 하고 거절했다.

결혼식에 초대한 사람들이 대부분 대학 시절 친구들이어서 솔직히 마사오는 안도한 부분도 있다.

장남이 태어나고 낙도로 전근을 갔고 차남이 태어났다. 누군가가 "지금 행복하세요?" 하고 묻는다면 "설마요. 사내아이가 둘이나 있는걸요. 맨날 전쟁이죠"라고 허풍스레 손사래를 칠 수 있을 만큼 행복하게 지냈고, 그런 중에 시마모토라는 옛 친구를 떠올리는 일도 없었다.

마사오가 오랜만에 시마모토의 이름을 들은 것은 낙도에서 막 돌아온 해에 열린 고등학교 동창회에 나갔을 때였다.

현재 시마모토는 도쿄에서 소설가로 활동하고 있으며, 얼마 전에는 작은 문학상을 받아 텔레비전에 나왔다고 했다. 믿기 어렵긴 했지만, 다음 날 서점에 가 보니 정말로 시마모토의 책이 진열되어 있고 젊은 여성이 그 책을 서서 읽고 있었다.

묘한 느낌이었다. 자신과 시마모토 사이에 '세간'이라고 해야 할지, 그런 아주 남의 일 같은 뭔가가 쓰윽 끼어든 것 같은 느낌이었다.

시마모토에게 전화를 건 것은 도쿄에 가기 2주 정도 전이었다. 만나는 건 물론이고 전화로 통화하는 것조차 벌써 10년 이상이 지났다.

책 같은 것 냈다고 거들먹거리는 놈이 되어 있으면 얼른 끊어야지 생각하면서 전화를 걸었는데, 신호가 한참 가더니 자동 응답으로 넘어가 버렸다. 순간 그냥 끊을까 싶기도 했지만 일단 이름과 2주 뒤에 도쿄에 간다는 사실만 녹음해 두었다.

그날 밤 전화가 올까 기다렸지만 연락이 없어서 역시 걸지 말걸 그랬다고 후회하기 시작한 며칠 뒤에 전화가 왔다.

다행히 시마모토는 옛날 그대로인 것 같았다. "몇 년 만이냐? 잘 지냈어?"부터 시작된 대화는 바로 옛날 리듬으로 돌아갔다. 마사오가 초등학교 교사를 계속하고 있다는 사실을 시마모토가 "믿을 수 없는 일"이라며 웃어서 이번에는 마사오가 소설 같은 걸 쓰는 시마모토만큼 "어처구니없는 일도 없다"고 같이 웃어 주었다.

한참 서로 웃고 떠든 뒤에 마사오가 2주 뒤의 예정을 묻자, 시마모토는 미안하다는 듯이 그날 다른 볼일이 있다고 대답했다.

"바빠?"

"요즘 좀 그러네."

"그렇구나. 그럼 다음에 봐야겠네."

솔직히 마사오는 실망했지만 선약이 있다니 할 수 없지 싶어서 그렇게 말했는데, 시마모토가 "그래도 그쪽 일 일찍감치 마치고 되도록 합류하도록 할게"라고 대답했다. 물론 고맙긴 했지만, 이런 배려가 자기가 알고 있는 시마모토답지 않았다.

신주쿠 역 남쪽 출구에서 6시 반에 만나기로 했다. 오후 2시에 호텔에서 잠을 깬 마사오는 넓은 욕실에서 샤워를 한 뒤 집에 전화를 걸었다. 요코에게는 결혼식 상황과 친척들 근황을 얘기하고, 두 아들에게는 선물을 사서 돌아가겠다고 약속하고 전화를 끊었다.

그런 뒤 호텔 앞에 있는 라면 가게에서 늦은 점심을 먹었다. 더럽게 비싼 가격에 비해 맛이 있는지 없는지 알 수 없는 라면으로, 가게를 나올 때 무심결에 "이게 도쿄인가" 하고 중얼거렸다.

낯선 동네여서 일찌감치 호텔을 나와 신주쿠 역으로 향했다. 아니나 다를까, 역 구내에서 헤매다 약속 장소에 15분이나 늦게 도착했더니 스기우라가 초조한 모습으로 서 있었다.

스기우라와는 작년 추석에 고향에서 만나 술을 마셨기 때문에 별 반가움도 없다.

"시마모토는?" 스기우라가 물었다.

"합류할 수 있으면 합류하겠다고 하네."

마사오는 휴대전화를 꺼내 보았지만, 역시 시마모토에게서 연락은 없다.

일단 어딘가 들어가서 기다리기로 하고 역 앞 다목적 빌딩에 있는 선술집으로 갔다. 몇 명이냐고 묻기에 세 명이라고 말했더니 테이블 석으로 안내해 주었다.

생맥주로 건배하고, 사람을 무시하는 듯한 이름이 붙은 요

리 가운데 몇 가지 한꺼번에 주문했다.

　마시기 시작해서 처음 1, 2분은 시마모토가 올까 안 올까 하는 얘기를 했지만, 바로 화제도 바뀌어 문득 정신을 차리고 보니 같은 시기에 집을 신축한 사람들끼리 평당 가격이며 에어컨 상태며 남은 융자 햇수에 대한 얘기에 열을 올리고 있었다. 비운 생맥주 수만큼 시간도 지나갔다.

"역시 시마모토 안 오네."

　화장실에 갔던 스기우라가 테이블로 돌아와서 불쑥 중얼거렸다. 낙담했다기보다 배신당했다는 말투였다.

"원래 다른 볼일이 있다고 했었잖아." 마사오가 감쌌지만, 스기우라에게는 전해지지 않았던 듯 "옛날부터 이런 식이었지. 뭔가 야비하달까. 의리가 없달까"라며 맛없이 맥주를 한 모금 마셨다. 마사오는 스기우라를 무시하고 식어 빠진 피자를 한 조각 입에 넣었다.

　그게 고등학교 2학년 때였던가, 버스 정류장에서 좋아하는 여자아이를 기다렸다가 고백하는 유치한 행동이 유행한 시기가 있었다.

　당시에 시마모토는 옆 반의 아다치라는 여자아이를 좋아해서 그녀의 집 근처 버스 정류장에서 그녀를 기다리기로 했다. 그래서 찬 바람이 부는데 몇 시간이나 함께 기다린 적이 있다.

  결국 그녀에게는 이미 남자 친구가 있어서 고백은 실패로 끝났지만, 그다음 주 이번에는 마사오가 좋아했던 하야미라는 여자아이에게 고백하기 위해 시마모토에게 같이 있어 달라고 부탁했다. 그랬더니 "알겠다"고 든든하게 대답을 하고서는 자기 때는 두 시간, 세 시간이나 기다리게 한 주제에 버스 정류장에서 10분 기다리고 "춥다. 나 감기 걸렸어" 하고 꾀병을 부리며 마사오 혼자 두고 바로 돌아가 버렸다.

  배신당했다고 화도 냈지만, 점점 고백의 시간이 다가오자 의리 없는 친구에 대한 푸념을 늘어놓을 여유도 없어서 혼자 떨면서 그녀의 도착을 기다렸다.

  결국 이때 두 시간 기다려서 버스 정류장에서 내린 그녀에게 간신히 마음은 전했으나, 좋은 대답은 받지 못했다.

  다음 날 도망친 시마모토에게 반쯤 화를 내며 결과를 보고했는데, 단칼에 거절당한 놈들끼리 도중부터 웃음이 터져서 정신을 차리고 보니 눈물까지 흘리며 뒹굴고 있었다.

  이때는 확실히 시마모토에게 배신당했지만, 다른 때는 무자비하게 시마모토를 버린 적도 있다. 배신하지 않는 것이 친구가 아니라, 실은 서로 배신할 수 있는 상대를 친구라고 부르는 건지도 모른다.

 시마모토에게 전화가 온 것은 기세 좋게 줄어들던 생맥주도 김이 빠지기 시작했을 무렵이었다.
 전파가 나쁜지 전화벨 소리가 들리지 않아, 무심히 시간을 보려고 주머니에서 꺼낸 휴대전화에 시마모토의 부재중 전화가 있었다.
 부재중 전화가 있다고 스기우라에게 말했더니 "전화를 걸었다는 것은 온다는 거 아닐까?"라고 했다.
 "그런가."
 마사오는 남겨둔 메시지를 들으려고 휴대전화를 귀에 댔다. 그 순간 요전의 통화 때 "그쪽 일 일찌감치 마치고 되도록 합류하도록 할게"라고 미안한 듯이 말하던 시마모토의 목소리가 떠올랐다.
 눈 주위가 빨개진 스기우라가 마사오의 표정을 엿보고 있었다.
 마사오는 속으로 '오지 마라. 배려해서 오지 말라고' 하고 중얼거렸다.
 남긴 것은 아주 짧은 메시지였다. 메시지를 다 들은 마사오의 표정을 본 스기우라가 "뭐래? 온대?" 하고 좋아했다.

마사오는 밝은 얼굴로 고개를 가로저었다.
"안 온대. 신주쿠까지 나오는 게 귀찮대."
말과는 반대로 아주 기분이 좋았다.

8
사랑을 하는 혹성

　성실하게 살아왔는가 묻는다면, 불성실했을지도 모른다……고 대답할 수밖에 없다.

　그러나 진지하게 살아왔는가, 아닌가를 묻는다면, 나는 자신 있게 "진지하게 살아왔다"라고 대답할 수 있지 않을까 생각한다.

　눈앞에서 커다란 사발에 얼굴을 묻듯이 새우완탕면을 흡입하고 있는 유야를 바라보고 있으니, 문득 그런 생각이 뇌리를 스쳤다.

　장소는 홍콩 완차이에서 가까운 골목의 포장마차. 늘어질 대로 늘어진 흰색 러닝셔츠를 입은 아저씨는 온통 땀투성이에 심기가 나빠 보였지만, 나온 완탕면은 그 아저씨를 껴안고 싶을 정도로 맛있었다.

　"모처럼 왔는데 좀 괜찮은 가게에 가자."

내 말에 유야는 성가신 표정이었다. 성가신 표정으로 "더 이상 걷게 하면 나 배고파서 죽을 거야" 하고 허풍스럽게 말했다.

순간 "걷게 하다니 그게 무슨 뜻이야. 걷게 하다니!"라고 되받아칠까 싶기도 했지만, 화해를 위해 온 3박 4일의 홍콩 여행 첫날부터 부딪치면 아무것도 안 된다.

하여간 내가 기내에서 체크한 레스토랑 같은 건 전혀 흥미가 없는지, 유야는 호텔 코앞에 있는 오래돼 보이는 포장마차를 가리켰다.

"저기가 좋겠네. 맛도 있어 보이고 금방 먹을 수 있을 것 같네."

내 의견도 묻지 않고 유야는 포장마차에 가까이 갔다. 막상 포장마차 앞에 가서는 어떻게 말을 걸어야 할지 몰라 아이처럼 불안한 얼굴로 뒤따라오는 내게 도움을 청했다.

유야로서는 태어나서 처음 오는 해외여행. 나는 벌써 다섯 번째인 홍콩 여행.

이마에 흐르는 땀도 개의치 않고 유야는 완탕면을 먹고 있다. 이따금 한 번씩 얼굴을 들고 "맛있다"라며 미소 짓는 모습을 보고 있으니, 안내 책자에서 추천한 레스토랑까지 걸어가려고 하지 않는 불만도 사라지고 "정말 완전 죽이네" 하면서

사랑을 하는 혹성

덩달아 미소 짓게 됐다.

그렇다. 불성실했을지도 모르지만, 나는 진지하게는 살아왔다. 그리고 진지하게 살아온 나는 지금 열한 살이나 어린 남자 친구와 이곳 홍콩 사람들조차 조금 꺼려할 것 같은 포장마차에서 예상 밖으로 맛있는 완탕면을 먹고 있다.

"저기, 다음 연휴에 유급 휴가 받아서 홍콩에라도 가지 않을래?"

그렇게 말한 것은 나였다. 이제부터 특가 티켓을 살 수 있을지 어떨지 불안하기는 했지만, 그 전 주말에 우리 가족과 만난 이후 입만 열면 "어차피 반푼이 남자니까" 하고 계속 삐쳐 있는 유야에게 뭔가 신선한 계획이 필요했다.

"홍콩? 나, 여권도 없는걸. 반푼이라서."

"뭐? 해외에도 간 적 없어?"

그만 입방정을 떤 나를 저주했다.

그 전 주말에 부모님에게 유야를 소개할 생각으로 지바의 본가에 갔던 게 아니다.

어쩌다 보니 회사 신년회에서 구사즈 온천 숙박권이 당첨돼서 기왕이면 드라이브 삼아 차로 가자는 얘기가 나왔다. 그리고 기왕이면 무료로 가는 여행이니 렌터카 비용도 아끼게 본가의 차를 빌리기로 한 것이 잘못이었다.

그날 일찍 일어나서 전철을 타고 지바의 본가에 갔다. 성실하게 살아온 엄마는 현관 앞에 나타난 딸 옆에 훌쩍 키만 큰 젊은이가 서 있는 것을 놓치지 않았다.

오랜만에 왔는데 점심이라도 먹고 가. 구사즈쯤이야 두 시간이면 도착해. 안 먹고 가면 차 안 빌려 줄 거야.

모든 반론에 반론을 당하다, 어느새 유야를 노려보는 사무기기 회사를 정년퇴직한 지 얼마 안 되는 아버지와, 식사를 권해 놓고 별 반찬도 만들지 않은 엄마 앞에서 나와 유야는 마지막까지 무릎을 꿇고 앉아 있었다.

"그래, 몇 살이야? 그 남자?"

지옥 같은 주말을 간신히 넘긴 월요일, 나는 얼른 불평을 쏟아 놓으려고 친구인 고지로에게 저녁식사를 신청했다.

단골 약속 장소인 레스토랑이 쉬는 날이어서 할 수 없이 옆에 있는 선술집에 들어갔는데, 하필이면 자리가 없어서 쥐어짜면 기름이 뚝뚝 떨어질 것 같은 중년 남성 두 사람과 합석을 했다. 운도 지지리 없네, 라고 생각한 건 처음 1분 정도로, 생맥주를 건배할 때는 숨 쉬는 것도 잊을 만큼 부모님의 성대모사를 하며 주말을 재현했다.

"그래, 몇 살?"

"그러니까 나하고 열한 살 차이."

"열한 살! 그 말은……."

"그러니까 네 나이에서 11을 빼 보면 되지."

"……21?"

과연 고지로도 벌린 입을 다물지 못했다.

"스물한 살짜리 남자하고 서른두 살의 여자란 뭔가 이렇게……."

"뭐야?"

"……아, 알겠다. 잠깐 생각을 바꿔서 서로 나이를 먹었을 때를 생각해 보면 어때? 그러면 조금은 위화감이 안 들지도 몰라. 이를테면 이쪽이 쉰한 살이 되면."

"내가 쉰 살이면 유야는 서른아홉?"

"……."

역효과? 순간적으로 불쾌한 공기가 흐르고, 그 공기를 자르듯이 합석한 중년 남성들이 고기를 채운 피망 같은 걸 주문했다.

"연상녀 부모가 그렇다면, 연하남 부모 만나는 날에는……."

"그만, 그만해. 정말로 생각하고 싶지 않아."

"그렇지만 그렇게 비관적이 될 것도 없어. 그쪽은 아무리

나이 차이가 나도 남자하고 여자니까 우리처럼 동성 커플에 비하면 차라리 난관이 적다니까."

"뭐야, 그거 위로하는 거야?"

확실히 유야가 홋카이도의 우체국 직원인 듯한 아버지와 잼 만들기가 취미라는 어머니 앞에 서른두 살의 여자를 데려가는 것과, 유야와 나이는 비슷하지만 남자를 데리고 가서 "우리 진지하게 사귀고 있습니다"라고 보고하는 거라면, 이쪽에 다소 승산이 있을 것 같은 느낌이 들지 않는 것도 아니다.

고지로와 얘기하다 보면 언제나 이렇게 돼 버리지만, 만사 생각하기 나름일지도 모른다. 10년이나 고락을 함께 하고도 생명 보험의 수취인도 될 수 없을 뿐만 아니라, 함께 맨션을 임대할 수도 없는 고지로네 커플에 비하면 고작 열한 살이란 나이 차쯤이야 간단히 넘을 수 있는 고무줄놀이 같은 생각이 들지 않는 것도 아니다.

결국 이 날 합석한 중년 남성 2인조와도 친해져서 가게 문 닫을 시간까지 넷이서 함께 마셨다.

합석한 중년 남성들, 첫인상은 나빴지만 얘기를 해 보니 재미있는 사람들이었다. "대학생인 우리 아들이 아가씨 같이 즐거운 사람을 데리고 온다면, 난 기뻐할 텐데 말이지"라며 선술집에서 합석한 사이치고는 아주 훌륭한 빈말을 해 주었다.

완탕면을 다 먹고 나서 항구 쪽으로 걸었다. 페리를 타고 주룽으로 가도 된다. 그대로 피크 트램 승강장으로 가서 빅토리아 피크를 타도 된다. 어느 쪽이 좋은지 유야에게 묻자 "어느 쪽이 좋아?"라고 되물었다.

"그러게. 쇼핑을 하려면 주룽이고, 빅토리아 피크 라면 날씨도 좋으니 기분이 좋을지 모르겠네."

"그럼 그 어쩌고 피크로 하자."

"그래, 괜히 분위기 타서 쇼핑할 돈도 없고 말이지."

행선지가 정해지자 유야는 내 손을 잡고 지도도 보지 않고 성큼성큼 걸어갔다. 물론 유야에게 손을 잡혀서 걷는 것은 행복했다.

다만 이럴 때 언제나 생각하는 것도 있다. 열한 살의 나이 차라는 것은 결국 경험 차라는 것을.

이를테면 지금 유야는 지도도 보지 않고 낯선 거리를 걷는 흥분과 불안 속에 있다. 더 말하면 내 손을 잡고 걷고 있다고 믿고 있다.

그런데 나는 이미 다섯 번이나 이 도시를 와 봐서 지도를 보지 않아도 대충 어느 쪽으로 가면 빅토리아 피크로 가는 피크 트램 승강장이 있는지 알고 있어서, 유야가 길을 잘못 들지 않도록 손을 잡힌 척하면서도 무의식적으로 그 손을 조

종하고 있다.

홍콩에 다섯 번이나 온 내가 나쁜 게 아니다. 물론 홍콩에도 온 적 없는 유야가 나쁜 것도 아니다. 다섯 번이나 왔으니 지금의 내가 있는 것이고, 홍콩에 온 적 없는 유야이니 이렇게 손을 잡고 걷는 것만으로 행복한 것이다.

빅토리아 피크로 올라가는 피크 트램 승강장에는 긴 줄이 있었다. 평소 같으면 줄만 봐도 도망치는 주제에 어쩐 일로 유야가 그 줄 끝에 섰다.

"설 거야?"

엉겹결에 묻자, 오히려 의아하다는 얼굴을 했다.

"왜?"

"줄 서는 거 싫어하잖아?"

"괜찮아. 타 보고 싶기도 하고."

아이처럼 고개를 쭉 빼고 몇 대째에 탈 수 있을지 계산하는 유야의 옆얼굴을 보고 있으니 "혹시 결혼하려고 생각하는 거야?" 묻던 고지로의 목소리가 떠올랐다.

"무슨. 상대는 아직 스물한 살의 아르바이트생이야."

그렇게 대답할까도 생각했지만, 그렇게 대답한 순간 자신이 뭔가로부터 도망치려고 하는 것 같은 기분이 들어 입을 다물었다.

사랑을 하는 혹성

유야를 만난 것은 1년 전이었다. 단골 술집이 해마다 주최하는 꽃놀이에서 만나 가볍게 사랑에 빠졌다. 상대가 어린 것은 알고 있었고, 미래가 있는 만남이라고는 생각하지 않았다.

그런데 유야는 내가 생각했던 것처럼 이 만남을 가볍게 다루지 않았다.

사귀기 시작한 지 반년 뒤부터 함께 살기 시작했다. 자신이 연상이라는 이유만으로 사흘에 한 번씩 심하게 유야에게 열등감을 느꼈다. 그게 원인이 되어 잔소리를 하게 되고, 유야가 친구만 만나도 바람피운다고 의심했다.

유야가 바람을 피우는 것이 두려웠던 게 아니다. 내가 유야에게 바람 상대이지 않을까 두려웠다.

"나를 조금은 믿어."

내가 잔소리를 할 때마다 유야는 그렇게 말하며 입을 삐죽거렸다. 내가 믿을 수 없는 것은 유야가 아니라 내 자신이다.

"나, 제대로 생각하고 있어."

유야가 불쑥 그렇게 중얼거린 것은 앞쪽이 피크 트램을 타서 긴 줄이 일제히 움직이기 시작했을 때였다.

"뭘?"

저녁을 어디서 먹을지 안내 책자를 보고 있던 나는 엉뚱한 목소리로 되물었다.

"그러니까 당신을 말이야. 앞날에 대해서!"

무심결에 유야의 눈을 빤히 쳐다봐 버렸다. 몇 번이나 말하지만, 불성실했을지도 모르나 나는 지금까지 어떤 일에도 진지하게 살아왔다.

눈앞에서 유야가 쑥스러운지 시선을 돌렸다.

나는 바로 "그만해~, 뭐야, 갑자기 진지한 척"이라고 하면서 불성실하게 웃어넘기고, 그 어깨를 힘껏 쳤다.

그때 줄의 움직임이 멈췄다. 유야가 예상한 대로 우리는 한 대 더 기다려야 탈 수 있을 것 같았다.

ESSAY
타이베이

타이베이에 있는 친구에게 요란스러운 이름이 붙은 온천 시설이 있다는 말을 들었다. 장소는 양명 산. 타이베이 시내에서 차로 2, 30분이면 갈 수 있다고 한다.

친구는 그 이름을 영어로 이렇게 가르쳐 주었다.

야쿠자 온천.

요컨대 그 쪽 사람들이 옛날부터 즐겨 모이는 무료 온천 시설 같은데, 웃으면서 가르쳐 주는 걸 보니 조금 과장스러운 표현 같았다.

바로 호텔 앞 정류장에서 버스를 타고 양명 산으로 향했다. 고급 주택가인 텐무를 빠져나갔을 즈음부터 울창한 숲이 펼쳐졌다. 구불구불한 산길 양쪽에는 당일치기 온천 시설이나 레스토랑 간판이 즐비했다.

이 주변의 온천이라면 벌써 몇 번이나 온 적이 있다. 경치 좋은 노

선탕에 한가로이 몸을 담그고, 온천과 같이 운영하는 레스토랑에서 타이완 맥주와 타이완 요리에 입맛을 다셨다.

유럽의 스파에서는 입욕 매너가 다소 달라 어색함을 느낄 때도 있지만, 이곳은 타이완. 노천탕에서는 일본 전통 가요도 흐르고 있어 온천을 마치고 나오면 나도 모르게 일본어로 "아, 여기 맥주!"라고 주문하고 싶어질 만큼 편안하다.

이런 시설이 늘어선 일대를 지났을 때 버스에서 내렸다. 이미 밤. 버스가 떠나자, 나무들에 가려진 오렌지색 가로등만이 드문드문 산길을 비추었다.

친구가 가르쳐준 대로 한참 걸었더니, 정말로 숲 속으로 들어가는 좁은 길이 있었다. 하지만 버스길에 있던 가로등도 없고 달빛에만 의지해야 했다. 좀 걷다 보니 넓은 빈터가 나오고 여러 대의 차가 서 있었다. 영리 목적의 온천이 아니어서 어디를 찾아도 간판이 없다. 난감해하고 있던 참에 작은 시냇물을 따라 나 있는 산책길을 발견했다. 은은히 유황 냄새도 떠돌았다.

곳곳에 칠복신상이 서 있는 산책길을 10분 정도 올라갔을까, 캄캄한 시냇물 골짜기에 드문드문 불빛이 보였다. 약간 불안하기도 했지만 발이 멋대로 서둘렀다.

시냇물을 사이에 두고 낡은 건물이 서 있었다. 제일 먼저 나타난 것은 건너편 기슭의 건물이다. 콘크리트 건물의 창은 열려 있고, 모락모락 피어나는 김이 전등에 비쳤다. 캄캄한 산속에 나타난 욕탕이어서 더욱 밝았다.

 순간 발을 멈췄다. 바가지로 물을 끼얹고 있는 남자의 등에 친구가 가르쳐 준 대로 멋진 문신이 있었다.

 멈칫하고 있는데 포장도로 끝에서 아이의 웃음소리가 들려왔다. 안쪽에도 다른 건물이 있는 것 같다. 분명 그쪽은 일반용일 거라고 혼자 중얼거리며 앞으로 나아갔다.

나타난 것은 이른바 오래된 공공 온천 시설이었다. 주의문은 읽을 수 없었지만, 남탕 여탕 정도는 알 수 있었다. 아이의 웃음소리는 여탕 쪽에서 들려오고 있었다.

　신발과 양말을 벗고 김이 나는 욕탕에 들어가니 탈의실 앞에 놓인 탁자에서 중년 남자들이 마작을 하고 있었다. 전원 알몸. 순간 당황했지만 옆에는 욕조도 있어서 "그렇지. 온천이지" 생각하니 자연스러운 광경으로 보였다.

　남자들은 주뼛거리는 일본인 관광객한테 전혀 관심도 보이지 않았다. 얼른 옷을 벗고 욕조로 들어갔다.

　양명 산 온천은 부연 강산성 유황천으로 이거야말로 온천이라고 할 만한 강함이 있었다. 그리고 엄청나게 뜨거웠다.

　동년배로 보이는 먼저 온 손님이 하나 있었다. 그를 신경 쓰면서 발끝부터 조심스레 탕에 넣었다. 예상대로 몸이 마비될 정도로 뜨거웠다. 한참 시간을 들여 허리까지 담그고 거의 심호흡을 하듯이 겨우 어깨까지 들어갔을 때 먼저 온 손님과 눈이 마주쳤다. 왠지 반쯤 웃는 얼굴로 이쪽을 보고 있었다. 뭐지? 고개를 갸웃거리는데 내가 쭈그려 앉은 주위를 가리키며 뭐라고 말을 했다.

　"무슨 말인지 모르겠어요." 고개를 저었더니 "이리 와요"라며 손짓을 했다.

어쩐지 뜨거움을 참고 들어간 곳에 원천이 흐르는 관이 있었던 것 같다.

후다닥 일어나서 장소를 옮겼다. 이럴 거였다면 처음부터 먼저 온 사람 배려하지 말고, 사람이 있는 쪽으로 들어갈 걸 그랬다.

적당히 뜨거운 온천에 몸을 담근 뒤 옥외에 있는 냉탕에 들어갔다. 뜨겁게 달아오른 몸에 산골짜기를 지나가는 바람이 스쳤다. 이 냉탕의 감촉을 어떻게 전해야 좋을지 모르겠다. 고급 미네랄워터에 몸을 담그면 이런 느낌일까? 어쨌든 그런 감촉의 냉탕은 처음이었다.

◆◆◆

공항을 나온 순간부터 몹시 친숙한 나라가 있다. 날씨, 기온, 컨디션, 시간대……. 다양한 조건이 우연히 교묘하게 겹쳐질지도 모르고, 날씨가 좋든 나쁘든 친숙한 나라는 무조건 친숙한 건지도 모른다. 내게는 이곳 타이완이 그런 나라다.

처음 타이완을 찾은 것은 7, 8년도 더 전이다. 그 후 한 해에 두세 번은 가볍게 방문한다. 먼저 편도 약 세 시간 가까운 거리가 좋다. 그리고 무엇보다 사람들이 좋다. 이 나라 사람들은 물론이고, 어째선지 타이완에 관광을 온 일본인까지 다정하다.

해외에서 일본인끼리 우연히 마주치면 어딘지 머쓱하다. 기껏 온 해외에서 굳이 일본인을 만날 필요는 없다고 생각하는지, 필사적으로 구사한 짧은 영어를 같은 일본인이 듣는 것이 쑥스러운지 어쨌든 별로 좋은 기분은 아니다. 그런데 단순한 착각일지도 모르지만, 이곳 타이완에서는 사정이 다른 것 같다.

물론 타이베이 시내에서 만나도 인사 같은 건 하지 않지만, 양명 산 공원 등을 산책할 때 미소를 건네는 사람은 몇 번이나 본 적이 있다. 처음 타이완에 왔을 때의 일이다. 시내의 유명한 사천 요리점에 갔더니 공교롭게 만석이어서 낙담해 있는 일행에게 "우리 이제 디저트 타임인데 얼른 먹고 자리 비워 줄게요" 하고 근처 테이블에 있던 일본인 관광객 그룹이 말을 걸어 주었다.

사소한 일일지도 모르지만, 이런 경험은 해외는커녕 도쿄에서도 한 적이 없다.

예를 들면 사랑을 듬뿍 받으며 자란 아이들은 다정한 사람이 된다고 한다. 사랑받는 법을 알기 때문에 사랑하는 법을 아는 것이다. 부부 사이에도 연인 사이에도 그렇다고 생각한다.

상대가 부드럽게 대해 주면 기분이 좋고, 기분이 좋으면 누군가에게 부드럽게 대해 주고 싶어지는 것이 인지상정이다.

다정하지 못한 사람을 만나면 '이 사람은 분명 누군가에게 다정함을 느끼지 못했구나'라고 생각한다. 그렇게 생각하면 금세 화가 풀린다고 가르쳐 준 사람이 누구였더라.

이곳 타이완에는 일본에 호의를 가신 사람이 많다고 들었다. 물론 그렇게 생각하고 싶은 일본인의 편견도 있을 테지만, 확실히 방문할 때마다 편안함을 느낀다. 요컨대 이곳 타이완에서 일본인 관광객은 사랑받고 있는 것이다. 그렇다면 사랑받고 있는 관광객이 친절한 관광객으로 변모하는 것도 이상하지 않다.

이 이야기를 타이베이 친구에게 했더니 "과대평가야. 타이완 사람들 꽤 현실적이라고" 하면서 사정없이 웃었다. 그렇지만 틀림없이 이 도시에는 타인에게 친절하게 대하고 싶어지는 넉넉한 분위기가 감돌고 있다.

◆◆◆

양명 산의 공공 온천에서 푹 쉰 뒤, 산길을 걸어 버스 정류장까지 돌아왔다. 화끈 달아오른 몸에 부는 바람이 상쾌했다. 버스길로 나오니 정류장으로 가지 않고 좀 더 걸어 보고 싶은 마음이 들었다.

구불구불 산길을 올라가면 몇 곳의 호텔이 있다는 것도 알고 있었다. 드문드문 켜진 오렌지 빛 가로등에 비친 산길을 천천히 걸었다. 이따금 버스나 스쿠터가 옆을 달려갔다. 맞은편 산으로 뻗은 도로가 보였다. 마치 나무들을 안쪽에서 비추듯이 가로등이 늘어서 있다. 조명을 받은 나무들은 아름답고 산 공기는 맑았다.

30분 정도 올라갔을 즈음에 이 가로등이 없어졌다. 길을 잘못 들었는지 슬슬 보여야 할 호텔도 나타나지 않는다.

길을 잃었다는 걸 깨닫기 전까지는 태평스럽게 별이 뜬 하늘을 바라보았던 주제에, 길을 잃었다는 걸 안 시점에서 구름에 가려진 달이 음산해 보였다. 걸음을 빨리했다. 원래대로 돌아가기보다 앞으로 나아가는 편이 좋을 것 같았다.

15분 정도 더 걸어갔더니 간헐적으로 민가가 보이기 시작했다. 불이 켜진 창이란 것은 어디에 있어도 마음이 평온해진다.

산길을 벗어나 민가가 늘어선 일대를 지났다. 스쿠터를 탄 두 명의 커플이 가파른 경사 길을 올라갔다. 빨간 꼬리등이 향한 쪽으로 따라가자 좁은 골목길을 벗어난 끝에 풍경이 펼쳐지고, 눈 아래 타이베이 시내가 대 파노라마처럼 펼쳐졌다.

맛있는 냄새가 나서 골목길을 더 걸어갔다. 점점 지나다니는 사람들도 많아지고, 옆을 스쳐가는 스쿠터 수도 늘어났다.

도착한 곳은 학생들로 넘쳐나는 산꼭대기 작은 마을이었다. 거리에는 소고기면과 샤오룽바오를 파는 가게가 즐비하고, 근처에 있는 대학교 학생들이 왁자지껄하게 공복을 채우고 있었다.

한 가게에 들어가 소고기면을 먹었다. 마늘이 듬뿍 든 국물을 먹고 있는데 옆 테이블에서 젊은 아가씨가 일본 패션 잡지를 읽고 있었다.

학생들의 활기에 이끌리듯이 대학 구내까지 들어가 버렸다. 구내에는 학생 기숙사가 있고, 많은 학생들이 이곳에서 살고 있는 것 같다. 기숙사가 거의 없어진 일본의 대학에서는 좀처럼 볼 수 없는 광경이었다.

기숙사의 좁은 방을 뛰쳐나온 젊은이들의 떠들썩한 웃음소리가 들려왔다.

조명을 받은 농구장 코트에서는 웃통을 벗은 청년들이 땀투성이가 되어 공을 쫓고 있었다. 펜스 바깥에 모여 있던 여자아이들이 그런 그들에게 야유 반의 응원을 보냈다.

주위에는 별이 뜬 하늘밖에 없었다. 양명(陽明)이라고 이름 붙여진 산꼭대기에서 볕에 그을린 젊은이들이 남국의 긴 밤을 보내고 있었다.

9

연연풍진

戀戀風塵

타이베이 발 화롄행 특급 열차는 정오 정각에 출발했다. 혼잡한 매표소에서 간신히 편도 표를 산 것이 발차 3분 전, 황급히 창구를 벗어나 플랫폼을 찾았다.

  한자투성이인 전광판이지만, 그래도 대충 의미는 알 수 있었다. 전광판에서 표에 적힌 열차 번호를 찾아낸 순간 등 뒤에서 누가 말을 걸어 돌아보니, 큰 짐을 짊어진 할머니가 서 있었다.

  타이완어인가, 어쨌든 중국어여서 무슨 말을 하는지는 알 수 없었다.

  "예?"

  엉겁결에 일본어로 되묻자 입속으로 뭐라고 아까 한 말을 우물거렸다. 그건 처음보다 더 또렷하지 못해서 알아들을 수가 없었다. 전광판 시계가 또 1분 지나갔다. 출발까지 앞으로

1분.

"미안합니다."

일단 일본어로 사과하고 멀리 보이는 개찰구로 뛰었다. 개찰구를 빠져나가 플랫폼을 확인하고 계단을 두 칸씩 뛰어 내려갔다.

도중에 발차를 알리는 종이 울렸다. 호루라기를 불면서 작은 깃발을 흔드는 역원의 등이 보였다. 홈에 뛰어내려 제일 가까운 문으로 올라탔다. 올라탄 순간 등 뒤에서 문이 닫혔다.

"앗."

소리가 새어 나온 것은 그때였다. 어깨로 크게 숨을 쉬어서 소리가 목 안에서 막혔다.

"앗, 아……."

황급히 돌아보았지만, 물론 문은 닫혀 있고 천천히 달려가는 열차의 진동과 함께 지금 막 뛰어 내려온 계단이 창 너머를 흘러갔다.

"어디, 에, 가?"

전광판 앞에 서 있던 할머니의 입매가 떠올랐다.

"어디, 에, 가?"

틀림없다. 생각하면 할수록 할머니의 입술은 그렇게 움직인다.

게시판 앞에 서 있는 내게 그 할머니는 "어디 가는 거야?" 하고 일본어로 물었다.

당황한 모습의 일본인 여행자가 걱정되어 아주 옛날에 사용했던 일본어로 말을 걸어 준 것이다. 너무나도 옛날에 배운 말이어서 자신이 없었던 것이다. 그래서 그렇게 머뭇거리며, 그러나 용기를 내준 것이다.

"아……."

나도 모르게 또 소리가 새어 나왔다. 흘러가는 플랫폼을 잡으려는 듯이 유리창을 만져 보지만, 열차가 멈춰 줄 리도 없다.

'미안합니다. 미안합니다.'

마음속으로 사과했다. 다음 순간 터널을 빠져나간 열차가 지상으로 나와 새파란 타이완의 하늘이 펼쳐졌다. 뛰어온 탓에 온몸이 땀으로 젖었지만, 열차 안의 강한 냉방으로 바람을 맞고 있는 것처럼 느껴졌다.

애초에 허둥거리며 나선 여행이었다. 입원 중인 어머니를 간호하기 위해 받은 연휴였지만, 4일 전에 본가의 아버지에게 전화를 해서 상태를 물어 보니 최근 며칠 몸이 많이 좋아져서 주말에는 둘이서 유후인 온천에 간다고 했다.

모처럼 휴가를 받았으니 나도 따라갈까 하고 전화에 대고 말해 봤지만 "올래?" 하는 아버지의 대답은 환영하는 투가 아니었다. 어떤 투인가 하면 '간만의 부부 여행에 내년이면 서른인 아들놈이 따라오려고?' 하는 투였다. 그렇게 부부 사이 나빴던 주제에, 하고 되받아칠까도 생각했지만, 아버지는 이것이 엄마와의 마지막 여행이라고 생각했을지도 모른다 싶어서 속으로 삼켰다.

집을 비우는 걸 알면서 고향에 돌아갈 필요도 없고, 그렇다고 모처럼 받은 4일 연휴를 도쿄 원룸에서 뒹굴거리기도 아까웠다.

좀 더 보태자면, 만약 이 시기에 혼자 쓸쓸하게 방에서 보내면 분명 가나코에게 다시 만나자는 전화를 걸어 버릴 것 같았기 때문이기도 하다.

여행사에 알아보니 마침 타이베이행 티켓이 남아 있었다. 타이완은 가나코가 제일 좋아하는 나라로, 그녀와 만난 5년 동안 해마다 한 번은 놀러 갔었다. 맛있는 길거리 요리를 먹고, 활기 넘치는 야시장을 걷고, 스파 시설이 잘 된 온천에 머물며 노곤해진 몸으로 밤새 서로 껴안았다.

"타이완은 정말 스트레스가 다 풀리는 나라야."

대학에서 아시아 문화를 전공한 가나코가 타이완과 중국의 미묘한 국정을 모를 리 없겠지만, 그래도 그녀는 "이 나라에는 원시적인 밝음이 있어"라고 거리낌 없이 말했다.

가나코에게 영향을 받은 건 아니지만, 그녀가 하려는 말은 바로 알아들었다. 먼저 사람들이 다정하다. 다정하려고 다정한 게 아니라, 언제 와도 무뚝뚝하면서 다정한 느낌이 전해진다.

그건 몇 번째 왔을 때였더라. 현대미술관에 가는 가나코와 헤어져 혼자 시내 작은 식당에 들어간 적이 있다.

맛있는 소고기면을 다 먹고 주방의 아주머니에게 돈을 내려고 하는데, 이 아주머니가 무슨 말인지 빠르게 말했다.

테이블에 뭘 두고 왔는가 생각했지만, 테이블에는 국물만 남은 그릇이 있을 뿐 두고 온 물건은 없었다.

"예?" 고개를 갸웃거리니 주방에 있던 다른 한 명의 아주머니가 나타나 또 뭐라고 빠르게 말했다.

김이 나는 큰 냄비 앞에 서 있어서 두 사람 다 미간에 주름을 모은 얼굴로 나를 향해 야단치는 걸로밖에 보이지 않았다. 내가 뭘 잘못한 걸까?

불안하게 서 있으니 등 뒤에서 같은 소고기면을 먹고 있던 젊은이가 귀찮다는 듯이 일어나 테이블에 있는 종이 냅킨을 한 장 빼서 이쪽으로 내밀었다.

"아, 아아."

엉겁결에 고개를 크게 끄덕였다. 아주머니들은 입 주변이 지저분하니 거기 휴지로 닦으라고 가르쳐 주었던 것이다.

건네받은 종이 냅킨으로 입을 닦자, 아주머니들은 그제야 만족스런 얼굴을 하고 다시 자기 일로 돌아갔다.

전광판 앞에서 말을 걸어 준 할머니에게 미안하게 생각하면서 복도를 걸어가 내 자리를 찾았다. 지정석은 만석으로 한가운데쯤에 통로 쪽으로 한 군데 비어 있는 곳이 내 자리였다.

옆에는 비즈니스맨으로 보이는 연배의 남성이 신문을 펼치고 있었다. 자리에 앉자마자 얼른 테이블을 내려서 도시락을 펼쳤다.

설마 차표 판매소에서 그렇게 기다리게 될 줄은 생각지도 못해서 역 밖에 있던 도시락 가게에서 태평스럽게 파이구판(돼지고기 립 정식) 도시락과 위완탕(魚丸湯)을 샀던 것이다.

열차는 어느새 빌딩이 늘어선 타이베이 시내를 벗어나 창밖에는 푸르디푸른 전원 풍경이 펼쳐지고 있었다.

이 연휴를 타이베이 시내에서 보내도 괜찮았겠지만, 문득 화롄에 가보고 싶었던 것은 마지막으로 가나코와 타이완에 왔을 때 다음에는 화롄에 가 보자고 약속했기 때문이다.

차창 밖 풍경을 곁눈으로 보면서 아직 따뜻한 도시락을 먹기 시작했다. 타이완에서 이런 보통 열차를 탄 건 처음이었다.

물론 타이완 신칸센이나 지하철은 탄 적이 있지만, 역시 그런 것들과는 확실히 분위기가 다르다.

젓가락을 놀리며 차 안을 둘러보았다. 대각선 앞자리에는 휴가를 나온 건지 체격이 좋은 군복 차림의 젊은이가 답답한 듯이, 그러나 어딘가 기쁜 얼굴로 앉아 있다.

아마 이 열차를 타고 고향으로 돌아가는 모양이다. 그 생각을 하니 지금쯤 유후인에서 부부 단 둘만의 시간을 보내고 있을 부모님 얼굴이 떠올랐다.

통로를 사이에 둔 옆 자리에서는 젊은 커플이 시시덕거리고 있다. 아직 사귄 지 얼마 되지 않았는지 남자가 벗어 놓은 나이키 샌들에 여자가 자기 발을 넣어 보고 그 크기에 놀라고 있다.

분명 "더러우니까 신지 마"라고 했을 것이다. 남자가 얼굴이 빨개져서 그 샌들을 빼앗았다.

아침부터 아무것도 먹지 않아서 눈 깜짝할 사이에 도시락을 다 먹어 치우고, 잊고 있던 국물도 한 방울 남김없이 다 마셨다.

도시락 통과 국물 컵을 비닐봉지에 담아 발밑에 내려놓아도 되지만, 앞으로 몇 시간 동안 거치적거릴 것 같아서 쓰레기통을 찾아 일어섰다.

진행 방향으로 등을 돌리고 선 탓인지 양쪽 창을 흐르는 경치 속에 내가 휩쓸려 드는 듯한 착각이 들었다.

흔들리는 열차 안을 걸어서 연결 통로로 나오니 갑자기 미지근한 바람이 얼굴에 불어 왔다. 보니 젊은 여성이 승강구 계단에 앉아 멍하니 창밖을 보고 있었다.

무심히 본 눈앞의 광경에 문득 위화감을 느끼고 다시 시선을 보냈다. 맙소사, 문이 열려 있고 선로 옆 잡초가 맹렬한 속도로 지나가고 있었다.

이쪽 시선을 느낀 그녀가 귀찮다는 듯이 휙 돌아봐서 얼른 시선을 밖으로 돌렸다. 그 순간 그녀가 토해 낸 담배 연기가 빠르게 바람에 날려갔다.

위험하다고는 생각하지 않았다. 아니, 실제로는 상당히 위험하겠지만, 푸르디푸른 전원 풍경 속 계단에 앉아 있는 그녀의 모습은 아주 우아해 보였다.

말똥말똥 보고 있는 여행자의 시선이 성가셨는지 그녀는 손가락 끝으로 담배를 밖으로 던지고 벌떡 일어나 문을 닫았다. 바로 가까이서 들려오던 레일 소리가 어딘가 멀리로 사라졌다.

그녀는 아무 일도 없었던 것처럼 일어섰다. 흔들리는 열차에 몸을 맡기듯이 차량의 통로를 걸어가는 그녀의 등에서 한참동안 눈을 떼지 못했다. 일단 쓰레기통에 도시락 빈 통을 버리고 창가로 다가갔다.

지금 막 그녀가 앉았던 자리가 왠지 아주 신성한 장소로 보였다. 과감히 앉아 보니 유리창은 높고 바깥 풍경은 보이지 않았다.

엉덩이에 전해지는 진동과 차창을 흐르는 전원 풍경의 잔상만 있어서 '지금 외국에 혼자 있구나' 하는 생각이 문득 들었다.

가나코는 항공사 마일리지 모으는 걸 좋아했다. 아니, 취미라고 하는 편이 좋을지도 모른다.

전화 요금이나 쇼핑 등 매달 지불하는 돈으로 마일리지가 되는 것은 무조건 모아, 주에 한 번 컴퓨터로 마일리지가 얼마나 쌓였는지 확인하며 기뻐했다. 그러나 마일리지가 쌓이면 비교적 어이없이 써 버렸다.

한번은 "기껏 모아서 다 써 버리는 거야?"라고 물었더니 "쓰기 위해 모으는 거잖아"라며 웃었다.

타이완은 비교적 적은 마일리지로 갈 수 있는 나라였다.

아마 2만 마일리지 정도였던 것 같은데, 그게 모이면 가나코는 "좋았어, 또 타이완에 가자!" 하고 바로 항공권을 신청했다.

"이 마일리지, 부부나 가족이라면 나눠 쓸 수 있는데."

깊은 의미로 한 말은 아니었지만, 그녀의 표정은 이때 살짝 흐려졌다. 아니, 흐린 것처럼 보였을 뿐인지도 모른다.

계단에서 일어서서 잠시 차창 밖 풍경을 바라보았다. 전원 풍경 속에 갑자기 묘지가 나타났다가 지나갔다.

일본의 묘지와 달리 어딘가 화려한 느낌이 드는 것은 그러한 색을 사용했기 때문일까. 남국의 햇빛을 받은 묘지는 뭔가를 과감히 떨쳐 버린 듯한 밝음이 있었다.

가나코가 어째서 뜬금없이 헤어지고 싶어 했는지 아무리 생각해도 알 수가 없다. 오히려 생각하면 할수록 더 알 수 없어진다.

다만 이렇게 혼자 타이완의 풍경을 바라보고 있으니, 가나코가 어째서 이 나라를 좋아했는지 그 이유는 알 것 같은 기분이 들었다. 그녀가 좋아했던 타이완을 자신도 좋아했던 거라고 자신 있게 말할 수 있다.

뭐가 나빴던 게 아니라, 뭐가 좋았던가를 생각하면서 끝나는 관계도 있을 대지. 지금쯤 부모님은 유후인 온천에 몸을 푹 담그고 있으려나.

10

호기심

 아사미는 도쿄 선물이 잔뜩 든 종이 가방을 양손에 들고 기내 통로에 줄을 서 있었다. 좀처럼 움직이지 않는 줄의 끝을 보니 커다란 가방을 머리 위 트렁크에 넣지 못해 중년 여성이 애를 먹고 있었다.
 자신이 가까이에 있었더라면 도와 줄 텐데, 중간에는 대여섯 명의 승객이 서 있어 도우려고 해도 한 걸음도 앞으로 나갈 수가 없었다.
 게다가 여성 다음에 서 있는 사람이 나이가 많은 사람이라면 몰라도 멀뚱하니 그 모습을 바라보고 있는 것은 대학생으로 보이는 키가 큰 남자로, 돕기는커녕 짜증을 내는 것 같았다.
 도대체…….
 마음속으로 그렇게 중얼거리다 무의식적으로 혀를 차기

라도 했는지, 앞에 서 있던 넓은 등싸의 남자가 찌릿 쌔려보았다.

사태를 깨달은 젊은 승무원이 통로 너머에서 나타나 여성의 짐을 함께 밀어 주었다. 요령이 있는지 짐은 쉽게 그곳으로 들어가, 밀렸던 줄이 움직이기 시작했다.

아사미의 좌석은 운 좋게 승무원 석 앞이었다. 여기라면 앞 좌석을 신경 쓰지 않고 다리를 펼 수 있다.

짐을 선반에 올리고 자리에 앉자, 아기를 안은 젊은 엄마가 통로를 사이에 둔 옆 좌석에 앉았다. 아기는 잠이 푹 들었는지 오통통한 팔을 축 늘어뜨리고 그 조그만 손가락을 꼭 쥐고 있었다.

자꾸 보아서인지 아기 엄마가 작게 고개를 끄덕였고 "잘 자고 있네요"라며 아사미는 아기의 잠든 얼굴에 미소를 보냈다. 분명 남자아이겠지. 옅은 파란색 타월에 싸여 있다.

아기의 잠든 얼굴을 보고 있으니 왠지 아까 통로에서 도움도 주지 않던 남자의 얼굴이 떠올랐다.

이 귀여운 아기도 눈 깜짝할 사이에 그 남자처럼 자라겠지……. 그렇게 생각한 순간에 이번에는 아들 다카시의 밉살스런 얼굴이 떠올랐다.

아사미는 마음을 가다듬듯이 매점에서 사온 초콜릿을

먹었다. 입에 넣는 순간 마른 입속에서 달콤한 초콜릿이 녹았다.

대체 지난 사흘은 무엇이었을까. 도쿄에서 처음 하는 독신 생활. 전화로는 강한 척하지만 분명 불안할 거라고 일까지 쉬고 왔는데, 고마워하기는커녕 매정스럽게만 대해서 분한 마음에 자기도 모르게 잔소리만 하고 있었다.
"너 말이야, 세상에는 릴리 프랭키처럼 엄마 생각하는 마음이 갸륵한 사람도 있어. 너도 좀 《도쿄타워》를 보고 배워!"
도착한 그날 밤, 낯선 곳에서 불안해하는 엄마를 두고 "나, 오늘 밤 동아리 모임 있어"라며 시부야에 나가려고 할 때는 도저히 참지 못하고 그렇게 말했다.
"아, 짜증 나. 오늘 밤에 원래 볼일이 있다고 전화로 말했잖아. ……게다가 그 책은 불효자였던 아들이 반성하는 책이지, 엄마가 '효도 좀 해' 하고 다그치기 위한 책이 아니라고."
누구를 닮았는지 정말로 밉상이다.

하네다 공항에 도착한 것은 토요일 정오 전이었다. 아들이 상경해서 아는 이 하나 없는 지역에서 혼자 살기 시작한 지 벌써 한 달. 솔직히 게이트를 나가면 "엄마~" 하고 달려들지 않을까 걱정했다. 그러나 현신은 비교적 담백해서 두리번두리번 아들을 찾는 엄마의 눈에 들어온 것은 휴대전화로 누군가와 통화하면서 '여기, 여기. 여기야' 하듯이 귀찮은 듯 손을 흔드는 다카시의 모습이었다.

"너, 잘 지내는 것 같구나. 다행이다, 다행이야."

"예, 예."

"밥 잘 먹고 있니? 직접 해 먹어?"

"예, 예."

모노레일 타는 곳으로 갈 때까지 바보 아들은 휴대전화를 끊으려고 하지 않았다. 겨우 끊었나 싶더니 "피곤하지?" 하는 위로의 말도 없이 "나 도쿄 구경 따라다닐 틈 없어. 오늘 저녁에는 동아리 미팅이고, 내일 저녁부터는 알바가 있거든" 하고 입을 삐죽 내밀었다.

"알았어. 엄마는 관광하러 온 게 아니니까."

지난 한 달, 아들이 어떤 생활을 하고 있는지 걱정이 되어 견딜 수 없었다. "첫 심부름 보낸 것도 아니고"라며 남편은 웃었지만, 첫 심부름이라면 몰래 뒤라도 따라갈 수 있지, 도쿄에서 혼자 사니 그러지도 못해서 걱정만 깊어 갔다.

분명 아빠들은 모르겠지만 살을 깎는다고 할까, 가슴에 구멍이 뻥 뚫렸다고 할까, 자신도 모르게 밤중에 훌쩍훌쩍 울

때도 있고, 어쨌든 직접 두 눈으로 확인해 보지 않으면 미쳐 버릴 것 같았다.

다카시가 중학교 2학년 때였던가. 당시 친한 친구였던 오카자키의 어머니에게 "아무래도 둘이서 야한 책을 돌려 가며 읽는 것 같아요"라는 얘기를 듣고 "예?" 하고 깜짝 놀랐다. 불과 얼마 전까지 여자아이보다 도마뱀이랑 노는 걸 더 즐거워했던 다카시가 설마……, 라고 생각했다. 하지만 남편이 "그럴 나이야. 내버려 둬"라고 말해서 "알았어"라고 대답할 때까지는 좋았다.

그러나 언제나처럼 등교 시간에 아슬아슬하게 일어나 식빵을 입에 쑤셔 넣는 다카시를 보고 있으니 '아냐, 아냐, 이 아이가 야한 책을 보다니' 하는 마음 쪽이 더 강해서 '역시 아직 이르지 않을까, 만에 하나 정말이라면 어떤 책일까?'라며 의심이 걱정으로 바뀌었고, 어느새 나도 모르게 다카시의 침대 밑을 뒤지고 있었다.

나온 것은 건강한 여자아이의 수영복 사진집으로 "뭐야, 이거야?" 싶어서 힘이 빠졌다. 요컨대 걱정했던 것보다 약했다. 확인하고 보면 쓸데없는 걱정 따위 할 필요가 없다.

모노레일을 타고 하마마쓰초로 가서 복잡한 전철 환승을 척척 해내는 다카시를 따라 간신히 교외에 있는 아파트에 도착했을 때는 오후 2시가 지나고 있었다.

아침부터 아무것도 먹지 않았다는 다카시가 아파트 앞에 있는 작은 라면 가게에 가자고 하기에 볶음밥 정도라면 금방 만들어 주겠다고 했지만, 쌀이 없다, 계란도 없다, 게다가 기다릴 수 없다고 고집을 부려서 할 수 없이 포기하고 그 라면집에 갔다.

어지간히 자주 다녔는지 주인과 얼굴을 아는 사이인 듯 가볍게 말을 나누기에 "아들이 신세가 많습니다"라고 인사를 했다. 그랬더니 "아닙니다, 저희야말로" 하고 정중하게 머리에 묶은 수건을 풀고 인사하는 주인 앞에서 "하지 마, 쪽팔리게"라면서 얼굴을 찌푸렸다.

그렇지만 겨우 이것뿐이었는데 '아아, 다카시한테도 이웃에 단골 가게가 있구나'라고 생각하니, 조금 싱거운 듯한 라면도 갑자기 맛있게 느껴져서 신기했다.

걱정했던 것과 달리 방은 의외로 잘 정돈돼 있어서 갖고 온 앞치마를 두르고 청소할 정도는 아니었지만, 기왕 온 김에 평소에는 청소하지 않을 것 같은 새시 홈이나 욕실 배수구 등을 닦으며 돌다 보니 눈 깜짝할 사이에 하루가 저

물었다.

 약속은 약속이니까, 라며 다카시가 무정하게 미팅인지 뭔지 나가 버리자 분한 마음에 남편에게 전화를 했다.

 "안 나가면 안 나가는 대로 친구가 없는 건 아닐까 하고 걱정할 거면서."

 남편은 그렇게 말하며 웃었다. 그것도 그렇구나, 싶어서 순순히 인정했다.

 아들이 없는 아들 방은 솔직히 남의 집 같았다. 책상에 쌓인 교과서와 노트. 먹다 남은 포테이토칩. 텔레비전에 연결된 게임기 코드.

 집에서와 조금도 다름없는데 왠지 거기에 아들 냄새가 없다. 다만 그렇게 남의 집 같은데도 마음이 불편하지는 않았다.

 다음 날 다카시가 "어디든 구경시켜 줄게" 하고 갑자기 말을 꺼낸 것은 한참 아침밥을 먹고 있던 중이었다.

 "아사쿠사? 롯폰기 힐즈? 긴자? 어디든 좋아."

 "어머나, 무슨 바람이 불었나?"

 "뭘, 여기서 하루 종일 서로 얼굴 맞대고 있는 것보다 낫잖아."

다카시가 그렇게 말하면서 불이 제대로 나오지 않는 풍로로 고생해서 만든 된장국을 더 달라고 했다.

"그럼 엄마, 너희 학교에 가 보고 싶어."

"학교? 일요일이어서 열려 있지 않아."

"아, 그런가. 그럼 밖에서만 봐도 좋아."

"봐서 뭐하게? 그냥 평범한 학교야."

다카시는 잠시 뾰루퉁했지만 아사미의 고집이 이겼다.

날씨가 맑게 갠 기분 좋은 날로, 다카시의 학교는 이곳이 도쿄인가 싶을 정도로 녹음이 우거진 교외 언덕 위에 있었다.

다행히 정문도 열려 있어 넓디넓은 캠퍼스를 산책하는 것만으로도 기분이 좋았다.

"저게 경제학부 건물이야. 아직 교양 과정이어서 거의 그 맞은 편 건물에서 수업이 많지만."

햇살이 쏟아지는 넓디넓은 캠퍼스에 사람이 별로 없어서 다카시도 조금 열린 기분이 되었을 거라고 생각한다.

"어떠니? 무리해서 도쿄로 대학 오길 잘 했어?"

아사미가 넌지시 물어보자 "그야 그렇지. 앞으로 뭘 하든지 일본의 중심에 있는 편이 좋지" 하고 다카시가 잘난 척 대답했다.

"대학 졸업하고, 취직하고……, 앞으로가 또 큰일이구나."
아사미는 웃었다.

넓디넓은 캠퍼스의 풍경이 다카시한테 너무 커 보이기도 하고, 너무 작아 보이기도 했다.

아사미는 그런 생각을 하면서 지루한 듯이 앞장서서 걸어가는 다카시의 등을 바라보았다.

저녁 무렵부터 다카시는 아르바이트를 하러 갔다. 동아리에서 소개 받은 스포츠 용품점 창고에서 재고 관리를 하는 아르바이트라고 한다.

"접객 같은 것보다 나한테 잘 맞아."

그렇게 말하며 나가는 다카시의 얼굴이 어딘가 어른스러워 보였다.

부모가 어른이 됐다고 생각할 만큼 어른이 되지도 않았다. 그렇다고 해서 부모가 아직 아이라고 생각할 만큼 아이도 아니라고 아사미는 생각한다.

돌아오는 비행기는 그리 복잡하지 않았다. 아직 타지 않은 승객도 있는 것 같았지만, 지금 아사미 옆자리도 통로 너머 아기를 안고 있는 젊은 엄마의 옆자리도 비어 있다.

안전띠가 너무 꼭 조이는 것 같아서 느슨하게 하려고 하는

호기심 169

데, 통로에 볼펜이 데굴데굴 굴러 왔다. 돌아보니 젊은 엄마가 아기를 안은 채 팔을 뻗쳐 줍느라 애쓰고 있었다.

아사미는 안전띠를 풀고 굴러 가는 볼펜을 주워 젊은 엄마에게 건넸다.

"고맙습니다."

"아기를 안고 있으면 사소한 일로도 곤란하죠."

아기는 여전히 쌔근쌔근 자고 있었다.

"아들?" 아사미가 물었다.

"예."

젊은 엄마가 그렇게 대답하면서 아기의 입가를 덮고 있는 옷을 손가락 끝으로 내려 주었다.

"앞으로가 기대되겠어요." 아사미가 말했다.

"그러게요. 힘들겠지만."

그렇게 대답하는 젊은 엄마의 표정에 망설임이라곤 없다. 아사미가 꼭 쥔 아기의 손가락을 만지자, 조그만 손가락이 희미하게 움직였다.

"아마 나중에 잠이 깨면 울 거 같아요. 죄송해요, 폐를 끼칠지도 모르겠어요."

젊은 엄마가 미안해하며 그렇게 말했다.

"울 때는 마음껏 울게 두세요. 크면 강한 척하느라 울어 주지도 않으니까요."

그렇게 말하고 아사미는 좌석으로 돌아가 안전띠를 맸다.

ESSAY
호 치 민

갑자기 비가 내리기 시작한 것은 벤타인 시장에서 9월23일공원으로 향하고 있을 때였다.

원형 광장 주위로 버스와 오토바이가 격렬한 클랙슨을 울리면서 달려갔다. 어디를 찾아도 횡단보도가 없다.

지역 사람들은 횡단보도 따위 찾지 않고 당당하게 차도로 걸어 나와 원형 광장을 가로질렀다. 그런 보행자들을 속도도 떨어뜨리지 않고 차와 바이크들이 피하며 달려갔다.

빌딩으로 둘러싸인 광장이 갑자기 어두컴컴해진 것은 바로 그때로, "앗" 하고 하늘을 올려다본 순간 세차게 내리치듯이 스콜이 퍼부었다.

순식간에 색을 바꾼 지면에서 올라오는 열기가 코끝을 간질였다.

황급히 비를 피할 장소를 찾았다. 다행히 바로 근처에 전화 부스가 있다. 고작 몇 초 만에 비에 젖은 셔츠가 피부에 달라붙었다.

전화 부스로 뛰어드니 빗발은 점점 강해졌다. 지면을 때린 빗방울이 그 기세로 높이 튀어 올랐다.

전화 부스 아래쪽 유리가 깨지고, 튀어 오른 빗방울이 샌들을 신은 발과 정강이를 적셨다. 걷다 지쳐 퉁퉁 부은 발에 차가운 비가 기분 좋았다.

전화 부스 바로 옆에서 바이크택시 운전기사 남성이 바이크에 비닐 시트를 씌우고 마찬가지로 비를 피하려고 이리로 달려왔다.

서로 눈으로 신호를 하고 나는 부스 안쪽으로 몸을 붙였다. 절대 넓지는 않지만, 내가 유리 쪽에 붙으면 그가 비를 피할 정도의 공간은 생긴다.

그가 베트남어로 뭐라고 말을 걸어왔지만 무슨 말인지 몰라 고개를 가로저었다. 통하지 않는 걸 알았는지 '그런가'라고 하듯이 그도 고개를 가로저었다.

비는 점점 거세졌다. 지면을 두드리는 빗소리가 큰북을 난타하는 것처럼 심하게 울렸다. 조금 전까지 귀를 막고 싶을 정도였던 차의 클랙슨조차 멀리 들릴 만큼, 발밑의 비가 성가셨다.

"레인." 남성이 조금 어이없다는 듯이 영어로 말했다.

"레인." 나도 조금 어이없다는 듯이 영어로 대꾸하며 하늘을 올려다보았다.

대화는 거기서 끊어졌다.

낯선 남성과 비를 피하는 좁은 전화 부스만이 세계에 남겨진 것 같았다.

◆◆◆

호치민에 도착한 것은 밤 12시가 지났을 무렵이었다. 공항에서 호텔로 향하는 택시 안, 처음 보는 호치민 시내는 상상했던 것보다 쓸쓸했다.

오렌지 빛 가로등은 적고, 그 어두컴컴한 가로등이 셔터를 내린 가게의 간판을 비추고 있다. 가는 길마다 공사를 하고 있었다. 심야에 아무도 없는 공사 현장만이 덩그러니 남아 있었다. 어쩌면 도시의 인상이 아니라, 심야의 공사 현장이 쓸쓸함의 원인이었을지도 모른다.

베트남에 대한 지식이 있었던 건 아니다. 유감스럽지만, 아직 베트남인 친구도 없고 한 번도 방문한 적이 없었다.

동남아시아의 한 나라. 프랑스령이었던 나라. 베트남 전쟁. 콜로니

얼 건축. 아오자이. 몇 번 도쿄의 베트남 요리점에 가서 포나 춘권, 그리고 달콤한 베트남 커피를 먹거나 마신 적 있는 정도로 일반적인 지식 이상도 이하도 아니었다.

최근 몇 년 사이 잡지에 베트남 특집 기사가 많아졌다.

잡지에서 보는 베트남은 아주 세련된 인상으로 남국의 파리를 연상시킨다. 아마 특집으로 다룬 대부분이 콜로니얼 호텔이거나 아오자이 주문 제작 상점이었던 탓이라고 생각하는데, 실제로 호치민을 걸어 보니 상상했던 것보다 상당히 잡다한 인상으로, 반대로 말하면 몹시 인간미 넘치는 거리로 느껴졌다.

이번 호치민 여행은 아주 짧았다. 그런 이유도 있어 공항에서 호텔에 도착하자마자 시간을 아까워하며 밖으로 나왔다.

도쿄가 너무 밝은지, 최근에 도쿄 이외의 어디를 가도 밤이 밤답게 느껴지지만, 이곳 호치민도 예외가 아니어서 그리 많지 않은 가로등 불빛을 받으며 호치민의 밤은 흩어져 있었다.

흩어진 오렌지색 빛 속으로 이따금 오토바이가 달려갔다. 빛 속에서 어둠으로 그리고 다음 빛 속으로 달리는 오토바이의 잔상이 아름다웠다.

호텔 스태프가 가르쳐준 심야 영업 바에 가고 있는데, 오토바이를 탄 젊은 남자가 다가와서 다른 바를 소개해 주었다. 거절하고 걸어가는 데도 오토바이 속도를 늦추고 계속 따라왔다. 말을 걸어도 무시하고 계속 걸어갔지만, 남자 때문에 혼란스러워 길을 잘못 들었는지 찾고 있던 바가 보이지 않았다.

"어디 가는 거야?" 그가 물어서 가르쳐 준 바 이름을 말했다.

"그렇다면 저 모퉁이 돌아서 오른쪽이야."

다른 바를 끈질기게 소개했던 주제에 어째선지 친절하게 가르쳐 주었다. 가르쳐 준 대로 모퉁이를 돌아서 오른쪽으로 가니 정말로 찾고 있던 바가 있었다. 고맙다는 인사를 하려고 돌아보았지만, 이미 그곳에 남자의 모습은 없었다.

◆ ◆ ◆

호치민에서 차로 약 두 시간. 붕타우라는 비치 리조트에 간 것은 마지막 날의 일이다.

당일치기 여행으로, 그날 밤 호치민을 떠날 예정이어서 바닷가라고 하는데 수영복은커녕 타월도 갖고 가지 않았다.

고속도로를 내리자마자 바로 경치가 확 바뀌었다. 계획적으로 만든 도시인 듯 해안가로 쭉 뻗은 길은 새롭고, 죽 늘어선 흰색 벽의 호텔도 고급 리조트지답게 중후한 건물이 많았다.

냉방이 세게 나오는 차를 타고 가다 한 레스토랑 앞에서 내리니, 남국의 햇볕이 몸을 무겁게 눌렀다. 호치민 시가지의 햇살과는 달리 거기에 짙은 바다향이 섞여 있었다.

들어간 레스토랑에서는 끝없이 이어진 하얀 모래밭의 해수욕장이 한눈에 보였다. 어중간한 시간이었던 탓인지 손님은 거의 없었다. 망설임 없이 테라스 석으로 나와 눈앞에 펼쳐진 남중국해를 바라보았다.

새파란 하늘에는 구름 한 점 없다. 규칙적으로 밀려오는 파도는 그리 높지 않았고, 해수욕객들이 밀려오는 파도와 노는 신나는 목소리가 희미하게 들려왔다.

테라스 석 바로 아래에는 젊은 아빠가 텐트를 치고 어린 아들에게 수영복을 입히고 있었다. 남자아이는 금방이라도 바다에 뛰어 들어가고 싶은 듯, 수영복을 입히는 아빠의 팔에서 틈만 나면 도망치려 하고 있다.

바닷가에서 프로 레슬링 놀이를 하는 젊은이들이 있었다. 친구를 안아 올려 그대로 파도에 던져 웃음소리가 터졌다.

주문한 맥주가 나왔지만 차갑지 않아서 얼음이 든 잔에 따라 마셨다. 주문한 요리는 잇따라 나와서 아름다운 경치를 바라보며 식사를 했다. 문득 돌아보니 서빙을 마친 젊은 웨이터가 벽에 기대어 나와 마찬가지로 햇살이 쏟아지는 바다를 보고 있었다.

레스토랑 지붕 너머에서 느닷없이 시커먼 구름이 퍼진 것은 그때였다. 바다는 아직 찬란한 햇살을 받고 있었다. 마치 하늘이 두 쪽으로 갈라진 것 같았다.

어두운 구름은 순식간에 퍼져 갔다. 조금 전까지도 눈을 가늘게 뜰 정도로 눈이 부셨던 바다 풍경이 금세 어두워졌다. 다만 해질녘이나 새벽녘 같은 색이 아니라 아름다운 흑백 사진 같은 흑색과 은색의 세계였다.

다음 순간 엄청난 스콜이 내리기 시작했다.

젊은이들이 스콜에서 도망치듯이 환성을 지르며 바다에서 올라왔다. 캄캄한 세계 속에 그 가슴과 등이 은색으로 반짝반짝 빛났다. 정말로 아름다운 광경이어서 나도 모르게 숨을 삼켰을 정도였다.

스콜에서 벗어난 가게의 창으로 모두 사라진 바닷가를 상당히 오랜 시간 바라보고 있었다. 모두 사라진 모래사장에 형제인지 남자아이 둘이 쪼그리고 앉아 물끄러미 바다를 바라보고 있었다. 바닷물과 비에 젖은 등 둘, 반짝반짝 은색으로 빛났다.

"비."

"비."

들릴 리 없는 두 사람의 대화가 문득 귀에 들렸다.

11
베스트 프렌드의 결혼식

정오가 지나 샌프란시스코 공항에 도착했다. 태어나서 처음 혼자 가는 해외여행이라 긴장한 탓에 기내에서는 한숨도 자지 못했다.

 비행기에서 내려 승객들의 흐름에 섞여 통로로 나아가 입국 심사를 받았다. 무슨 질문을 하는지도 모른 채 "예스" 하고 세 번 정도 끄덕거리고 통과됐다.

 또다시 사람들의 흐름을 따라 걸어가니 기내에서 얼굴을 본 승객들이 수하물이 나오기를 기다리는 줄이 있었다.

 며칠 전부터 공항 게시판과 표지판 등 일단 필요할 것 같은 것은 다 외우려고 애썼는데, 정작 게시판 한 번 보지 못하고 여기까지 왔다.

 몇 분 기다리고 있으니 내 물건이 나왔다. 여동생에게 빌린 핑크색 트렁크는 상당히 튀었다.

또 다들 나가는 쪽으로 따라갔다. 짐 번호는 확인하지 않는 것 같다. 게이트를 나가니 "치카!" 하고 부르는 소리가 바로 들렸다.

그리 많지 않은 마중 인파 속에 고등학교 때부터 친구인 아키코와 마도카의 얼굴이 있었다.

두 사람의 얼굴을 본 순간 '아아, 이제 끝이구나'라고 생각했다. '아아, 이것으로 일생일대의 나홀로 해외여행도 무사히 끝났구나!'라고.

옛날부터 워낙 소극적인 편이었다. 특히 아키코나 마도카처럼 적극적인 아이들과 함께 있으면, 기내에서 게이트까지는 아니지만 두 사람만 따라다니면 만사 문제없이 갈 수 있었다.

이 여행 때문에 여행 안내서를 두 권이나 샀지만, 분명 가방에서 꺼낼 필요도 없을 것이다. 평소처럼 두 사람을 따라다니면 즐거운 여행을 할 수 있다.

핑크색 트렁크를 끌고 손을 흔드는 두 사람에게 달려가니 "문제없었어?" "네가 혼자 이리로 올 걸 생각하니 내가 다 잠이 안 오더라" 하면서 걱정해 주었다.

"괜찮아. 그보다 미요는?"

"미요는 에스테 예약 시간이 변경됐대."

"그렇지만 다케시는 와 있어. 지금 주차장."

두 사람에게 등을 떠밀려 주차장으로 향했다. 한 걸음 밖으로 나오니 무심결에 한숨이 나올 것 같은 새파란 하늘이 펼쳐져 있었다.

사실은 사진이라도 한 장 찍고 싶었지만 대부분 이런 경우에 그런 말을 꺼내면 "공항 출구에서 무슨 사진을 찍고 그래~"라며 비웃을 것 같아서 꾹 참고 두 사람 뒤를 따라갔다.

주차장에 가느라 횡단보도를 건널 때, 사리를 걸친 예쁜 여자가 길을 물어 현재 런던 유학 중인 마도카가 유창한 영어로 거침없이 대답했다.

만약 나 같으면 아무리 서두르고 있어도 누가 말을 건 것만으로 긴장해서 걸음을 멈췄을 텐데, 마도카는 걸어가면서 거침없이 대답하고 약간 귀찮다는 얼굴까지 했다. 그게 너무 자연스러워서 멋있었다.

주차장에 가니 다케시가 기다리고 있었다. 고교 시절에는 농구부 스타. 그리고 10년 이상 지난 지금도 레이밴 선글라스가 잘 어울려서 멋지다고 생각했다.

"치카, 고마워. 일부러 와 줘서."

달려온 다카시의 인사말에 "다케시랑 미요를 연결해 준 건 나라고~. 그 결혼식에 참석하지 않을 수 없지" 하고 웃는 얼군로 대답했다.

 실제로 두 사람을 엮어 준 사람은 나였다. 고교 시절, 미요에게 첫눈에 반한 다케시에게 상담을 받고 미요에게 전했다. 그러나 미요는 다케시에게 흥미가 없는 듯했고, 이때는 잘되지 않았다.

 그런데 졸업한 지 10년 가까이 지난 동창회에서 이번에는 미요로부터 "다케시, 요즘 여자 친구 있을까?" 하는 말을 들었다.

 다행히 다케시는 6년째 사귀던 여자 친구와 막 헤어진 참이었다. 동창회가 있었던 다음 주에 셋이서 식사를 하고, 그 다음 주에는 둘이서 식사를 한 것 같다.

 둘에게서 보고를 받았을 때 나는 진심으로 기뻐했다. 뭐랄까, 결국 사람은 정착할 곳에 정착하는구나 하는 생각?

 당초에는 둘이서만 결혼식을 하기로 했었다. 그런데 공교롭게 현재 상하이에서 증권 회사에 다니는 아키코가 샌프란시스코로 출장을 오게 됐고, 그렇다면 런던에서 마도카도 달려오겠다고 하고, 그럼 "치카도 와"라고 얘기가 된 것이다.

 혼자 해외. 아키코나 마도카와 달리 영어를 할 줄 아는 것도 아니다. 물론 상당한 불안도 있었지만, 결국 합류하기로 결정한 것은 아마 최근 아키히코와의 관계가 삐걱거리기 때

문이었을 거라고 생각한다.

 각자 근황 보고를 하면서 다케시가 운전하는 렌터카는 호텔로 향했다. 모레 오후에는 이 호텔에서 가까운 귀여운 교회에서 식을 올린다.
 차 안에서는 아키코와 마도카가 내내 샌프란시스코에 있을 동안의 계획을 세웠다. 어디에 가서 뭘 먹고, 어디서 쇼핑을 하고, 밤에는 모두 뮤지컬을 모두 보러 가기.
"치카, 괜찮지?"
"응, 좋아."
"치카, 뭐 먹고 싶은 것 있어?"
"나? 별로."
"그럼 3일째는 그 레스토랑이 좋겠네."
 아키코와 마도카가 멋대로 하는 건 전혀 없다. 허세를 부리는 것도 아니다.
 실제로 둘은 어떻게 하면 나를 포함해서 모두가 즐길 수 있는가를 필사적으로 생각하는 사람들이다.
"다케시, 좋겠네."
 뒷자리에서 들떠 있는 두 사람을 무시하고 조수석에 앉은 나는 다케시에게 말을 걸었다. 다케시는 운전대를 잡은 채 흘끗 이쪽으로 얼굴을 돌리고 "만약 고등학교 때 잘됐더라면 우리 이렇게 결혼까지 했을까?"라며 미소 지었다.

"했을 거야." 나도 미소 지었다.

"그럴까나."

"미요와 결혼하지 않은 네 인생은 생각할 수 없지?"

놀리듯이 말했더니 "그렇지. 결혼을 모레로 앞둔 남자로서는 그렇게 대답할 수밖에 없잖아?" 하고 예전과 똑같이 천진난만하게 웃는 얼굴을 보였다.

눈앞에는 넓고 푸른 하늘이 펼쳐져 있었다. 나는 가방에서 카메라를 꺼내 앞 유리 너머로 푸른 하늘을 찍었다. 혼자 해외에 와서 처음 찍는 사진이었다.

웨딩드레스 차림의 미요는 하마터면 울어버릴 뻔했을 만큼 아름다웠다.

교회나 호텔 사람들도 무슨 얘기를 하는지는 잘 모르겠지만, 아주 느낌이 좋은 사람들뿐이었다. 우리밖에 없는 조금 쓸쓸한 교회에서 두 사람이 키스를 나눌 때는 아키코가 울음을 터트려서 나도 마도카도 덩달아 눈물을 쏟았다.

무엇에든 박식한 아키코의 얘기로는 〈작은 사랑의 멜로디〉라는 옛날 영화에서 아이들끼리 결혼식을 올리는 귀엽고 신성

한 장면이 있다고 한다.

그날 밤은 시내 레스토랑에서 축하 파티를 했다. 아키코와 마도카가 고른 가게로 동창생들의 축하 파티에 잘 어울리는 이탈리아 레스토랑이었다.

우리는 미요와 다케시의 결혼을 진심으로 축하했다. 그리고 미요와 다케시가 먼저 호텔로 돌아가고, 나는 미요가 멋진 하루를 보낼 수 있도록 호텔에서, 교회에서, 리무진 차 안에서, 레스토랑에서까지 그야말로 고군분투하며 뒤를 돌봐 준 아키코와 마도카를 칭찬해 주었다.

"치카가 와 줘서 정말 좋았어."

"그래? 난 아무 도움도 안 됐는걸."

"그렇지 않다니까. 만약 치카가 없었더라면 우리 분명 싸웠을 거야."

내가 두 사람을 칭찬했더니 두 사람은 두 사람대로 나를 칭찬해 주었다.

결혼식의 흥분도 남아 있고 해서 이날 밤은 늦게까지 호텔 방에서 이야기꽃을 피웠다. 술이 취하면 말이 좀 거칠어지는 마도카가 "그런데 말이야, 결국 동창생하고 저렇게 붙어 버리는데, 10년이나 이래저래 연애질이나 해온 내가 한심해지네"라고 하기도 했지만, 모두 마음속으로 미요와 다케시의 결혼식을 기뻐하는 것은 분명했다.

어지간히 긴장했던 모양이다. 내가 샤워를 하고 나오니 먼저 샤워를 마친 아키코와 마도카는 각자의 침대에서 깊은 숨소리를 내며 자고 있었다.

방의 불을 끄자 창밖에 별이 뜬 하늘이 펼쳐졌다. 나도 모르게 창문을 열었다. 멀리 유명한 다리가 보였다.

반짝반짝 빛나는 야경은 어디가 어떻게 다른지 알 수 없지만, 틀림없이 일본의 그것과는 달랐다.

지금 내가 샌프란시스코에 있구나, 생각했다. 앞으로 더 자주 해외여행을 해야지, 생각했다. 시간이 없다, 돈이 없다, 그런 변명만 하지 말고 좀 더 여러 곳을 보고 와야지, 생각했다.

다음 날은 방에서 하루 편히 쉬고 싶다는 미요와 다케시를 남겨 두고, 셋이서 시내를 돌아다녔다.

정말로 아키코와 마도카와 함께라면 길을 잃을 염려는커녕 지도조차 볼 필요가 없다. 노면전차를 타고 맛있는 케이크를 먹으러 가고, 차이나타운에서 딤섬을 먹고, 바다가 보이는 공원을 산책했다.

시장에 가니 남자들이 활달한 아키코와 마도카에게 가볍게 말을 걸었다.

생각해 보면 고등학교 때부터 줄곧 이래 왔던 것 같다. 아키코와 마도카와 미요와 함께 보낸 즐거운 추억은 그야말로 셀 수 없을 정도다.

만약 세 사람이 없었더라면 분명 내 인생은 그리 즐겁지 않았을 거라고 생각한다. 언제나 누군가에게 의지하며 살아 왔다.

다음 날은 다섯 명이 쇼핑을 하기로 했다. 다케시의 렌터카가 있어서 이참에 새신랑에게 짐꾼을 시키기로 계획을 짠 것이다.

호텔 레스토랑에서 아침을 먹고 10시쯤 지나 로비에서 만났다. 방을 나오려는 참에 아키코는 일 때문에 상하이로 전화를 거느라 조금 늦어졌다.

마도카와 둘이 먼저 로비에 내려와서 먼저 내려와 있는 미요와 다케시와 함께 아키코를 기다리고 있을 때였다. 정말로 나도 왜 그런 말을 꺼냈는지 모르겠지만, 정신을 차리고 보니 이런 말을 하고 있었다.

"저기 멋대로 내 주장을 해서 미안한데, 나 카멜이라는 바닷가 마을에 가 보고 싶어. 가이드북에서 사진을 봤는데, 그래서……."

모두 황당한 얼굴이었다. 마도카가 금세 상황을 파악하고 "그렇지만 당일치기는 무리야. 1박을 하게 되면 아키코가 내일 저녁 비행기로 돌아가야 하니 그것도 무리고"라며 미안한 표정을 지었다.

"응. 그건 알고 있어. 그래서 저기, 나 혼자서, 가 볼까 하고."

"뭐?"

정말로 세 사람의 목소리가 하나로 포개졌다. 그다음은 줄줄이 "어떻게 가려고?" "호텔은 어쩌고?" "영어 못 하면 고생해" "여자 혼자는 위험해" "우리가 더 걱정돼서 미칠 거야" 등등의 말이 쏟아졌다.

정말로 나 자신도 어째서 이런 말을 꺼냈는지 모르겠다. 집에서 가이드북을 볼 때 '예쁜 모래사장이구나' 생각했다.

그리고 문득 이 사진에 찍힌 아름다운 노을을 모두와 함께가 아니라, 나 혼자 바라볼 수 있다면 뭔가 색다를 것 같기도 해서 거의 무의식중에 카멜에는 어떻게 가는지, 어떤 호텔이 있는지 상세히 조사하고 있었다.

늦게 온 아키코까지 더해서 다들 한참동안 나를 말렸다. 평소 같으면 바로 그들의 생각에 넘어갔을 텐데 어째선지 나는 고집스럽게 고개를 가로젓고 있었다.

"미안해. 모처럼 다 같이 모였는데."

결국 다들 나를 이해해 주었다. 버스 정류장까지 렌터카로 태워다 주었다.

친구 결혼식 너분에 나는 테어니서 처음으로 혼자 여행 할 결심을 했다. 신기하게도 무섭지는 않았다.

걱정스럽게 지켜보는 친구들의 배웅을 받으며 이제 버스 발판에 한 발 올렸을 뿐이지만, 앞으로 나는 뭐든 할 수 있을 것 같았다.

12

하늘색

 이곳 말레이시아 고도에 도착한 것은 이른 오후였다. 아직 해는 높이 떠 있어서 허니문 스위트에 짐만 내려놓고 수영복도 갈아입지 않은 채 나는 나오야를 재촉해 바다로 나왔다.
 햇볕이 쏟아지는 새하얀 모래사장은 뜨겁고, 새파란 하늘과 바다는 끝도 없이 펼쳐졌다.
 나오야가 청바지 자락을 걷어 올리고 물가까지 걸어갔다.
 물가를 걷는 나오야에게 "수영복으로 갈아입고 오면 좋을 텐데"라고 말을 걸었다. 그러나 들리지 않는지, 나오야는 이쪽으로 등을 돌리고 발밑의 푸른 파도를 걷어차고 있었다.
 걷어차인 파도가 산산이 흩어졌다. 흩어진 물방울조차 새파랗다.
 주위에는 파도 소리밖에 나지 않아, 귀를 기울이면 먼 곳을 흘러가는 구름 소리조차 들릴 것만 같았다.

파도를 차는 나오야의 등을 바라보면서 '내가 결혼한 사람은 이 사람이야' 하는 생각이 새삼 선명하게 떠올랐다.

근처에 있는 덱 체어에 앉자, 누군가가 누웠었는지 발밑에 젖은 모래가 뭉쳐져 있었다. 팔을 뻗쳐 모래를 치웠다. 모래 덩어리는 간단히 무너졌다.

"하나도 안 차가워!"

물가에서 소리가 들려 고개를 들었다. 나오야가 또 파란 파도를 걷어찼다. 저렇게 천진난만한 모습의 나오야는 처음 보는 것 같았다.

여행을 떠나면 나는 꼭 일기를 쓴다.

평소 일기는커녕 연하장 쓰는 것조차 귀찮아할 정도로 글쓰기를 싫어하는 주제에 어째선지 여행지에서는 뭔가를 쓰고 싶어진다.

여행지에서의 감상이 그렇게 만드는 걸까. 일기 내용이나 문체는 대체로 유치하다. 로맨틱하다고 말하면 듣기에야 좋겠지만, 솔직히 나중에 다시 읽을 만한 거리가 못 된다는 걸 나도 알고 있다.

예를 들면 대학 졸업 여행으로 친구들과 미국 서해안에 갔을 때는 도착한 그날 밤에 쑥스럽게도 이런 글을 썼다.

    공항을 나오니 새파란 하늘이 펼쳐졌다. 압권이었다. 나는 이렇게 크고 파란 하늘을 태어나서 처음 보았다. 이 하늘의 파란색이 어떤 파란색인지 그걸 적절한 단어로 표현할 줄 아는 사람과 나중에 결혼하고 싶다.

이 일기장을 나는 정신없이 이사를 하는 와중에 우연히 발견했다. 옆에서는 이사를 도와 주러 온 나오야가 물이라도 끼얹은 것처럼 땀을 흘리며 일을 하고 있어서, 아무리 반갑다고 해도 그 자리에서 다시 읽어 볼 수는 없었지만 휘리릭 페이지를 넘기는 중에 그런 문장을 발견했다.

혼자 살았다고 해도 8년이나 산 방에서 이사를 하는 일은 생각보다 힘들었다.

이사를 가는 곳이 나오야와 신혼 생활을 할 집이어서 이런 고생도 다소 경감됐지만, 만약 이것이 단순한 이사였다면 도중에 "갱신료 낼 테니까 그냥 여기서 살래!" 하는 소리를 했을지도 모른다.

모든 짐을 이사업자의 트럭에 실어 보내고 휑뎅그렁하고 먼지 나는 방에 혼자 서 있으니, 지금까지의 여러 가지 일이 떠오르며 눈시울이 뜨거워졌다.

기본적으로 감상에 잘 젖는 타입이어서 어떤 의미로 보면 눈물을 흘릴 절호의 기회였다.

그러나 막 눈물이 흐를 찰나에 콧노래를 흥얼거리며 계단을 올라온 나오야가 "어떻게 할래? 국수나 덮밥 정도라면 먹을 시간 있는데" 하고 말을 거는 바람에, 쏟아질 뻔했던 눈물이 도로 쏙 들어가 버렸다.

"여기서 8년이나 살았다고 생각하니 갑자기 울컥하네……."

이미 눈물은 들어갔지만 위로를 바라며 말했다.

"8년이라. 그럼 세 번이나 갱신한 거야?"

"엉?"

"그러니까 2년 계약이잖아?"

"그, 그런데……."

"난 그 갱신료라는 거 정말 사람을 무시하는 것 같더라고. 그렇다고 이사를 하면 하는 대로 사례금이니 하는 말도 안 되는 걸 내야 되지만."

나오야가 납득이 안 간다는 얼굴로 돌아다니며 창문을 닫았다.

나오야와의 대화는 대체로 이렇다. 8년 동안의 솔로 생활

하늘색

이 끝난다는 감상이 순식간에 갱신료와 사례금 시스템의 의문으로 바뀐 것이다.

현실적인 성격이랄까, 멋이 없달까. 확 열 받을 때도 많긴 하지만 친구 마호의 말에 따르면 나오야의 그런 면이 '땅에 발이 붙어 있는' 느낌이어서 호감이 간다고 한다.

나오야를 만날 때까지 주로 비현실적인 남자들만 사귀어 왔다. 물론 마호가 '호감이 간다'고 말한 남자는 한 사람도 없다.

일류 베이시스트를 목표로 바텐더 일을 했던 요시아키는 마호의 표현을 빌자면 '인간쓰레기'로, 얼굴을 마주칠 때마다 "그런 남자하고 얼른 헤어져"라고 했었다.

하긴 스튜디오 월세 낸다고 빌려 간 돈으로 다른 여자와 놀러 다니는 남자였으니, 마호에게 반론할 수도 없었다. 그렇지만 솔직히 쓰레기한테 빠지면 좀처럼 벗어나지 못해서, 나 아니면 이 남자를 행복하게 해줄 여자가 없다는 생각에 빠져 계속 질질 사귀게 된다.

거래처의 영업 사원이었던 나오야와 알게 된 것은 그런 연애가 끝나고 '이제 그만 남자는 됐어' 하고 반쯤 자포자기 하던 무렵이었다.

전부터 가끔 나오야를 보긴 했지만 말을 나눈 적은 없었는데, 어느 날 영업부 회식에서 공교롭게 나란히 앉게 됐다.

말을 나눈 첫인상은 '성실한 사람' 정도로 매우 간단했고, 특별히 대화가 잘 통했던 기억도 없다.

그런데 뭐가 좋았는지 그 뒤로 회사에서 얼굴을 마주칠 때마다 "다음에 식사라도 같이 해요"라며 자꾸 말을 걸어 왔다.

처음에는 이런저런 이유를 대서 거절했지만, 어느 순간부터 그 거절할 이유를 생각하는 게 귀찮은 반면, 데이트 신청을 귀찮아하지 않는 자신을 발견했다.

나오야에게 호감을 가졌던 건 아니다. 별일 없이 끝날 것 같은 사람이어서 가볍게 식사 정도는 해도 되겠다는 생각이 든 거다.

그때까지는 '이 사람을 위해서라면 죽을 수 있다' 정도는 돼야 연애라고 생각했다. 조금 과장스러울지도 모르지만, 누군가를 좋아한다는 것은 그런 거라고 믿고 있었다.

나는 줄곧 내가 상대를 찾고 있었던 것 같다. 언젠가 그 상대도 나를 찾아주기를 바라며.

나오야와는 읽는 소설, 보는 영화, 듣는 음악이 전혀 달랐다. 서점에서 '이렇게 눈물샘 자극하는 소설을 대체 누가 읽을까?' 싶은 책을, 나오야는 당장 사서 읽고 "엄청 재미있었어"라며 빌려 주려고 한다.

또 함께 영화를 보러 가려고 하면, 나는 무료 초대권이어도 안 볼 것 같은 오락 영화를 세 편이나 골라 와서 "선택의 여지가 세 가지나 있으니 한 편 정도는 보고 싶은 게 있겠지?"라고 자신만만하게 말한다.

지금까지 사귀어 온 남자들은 성의도 없고 생활 능력도 없었지만, 이런 데서 의견이 엇나가는 일은 없었다.

서서 볼 정도인 극장을 무시하고 우리는 거의 전세 낸 상태의 극장에서 서로가 꼭 보고 싶어 했던 영화를 볼 수 있었다.

단지 그런 생활에는 다음이 없었다. 인기 없는 영화는 아무도 모른다. 회사에서 "휴일에 뭐했어?" 물어서 "○○을 보고 왔어"라고 대답해도 아무도 모르기 때문에 대화는 거기서 끝난다. 그러나 나오야와 보는 영화는 다들 알고 있어서 "재미있었지?" "그 주인공 정말 멋있지?" "누구랑 보러 갔어?" 하는 대화가 이어지고, "혹시 결혼 얘기 같은 거 나온 거야?" 하는 흥미 위주의 질문을 받게 된다.

나오야에게 프러포즈 받았을 때 솔직히 갈등했다. 스스로도 무엇을 갈등하는지 몰라 마호에게 상담을 했다.

"나오야 씨 싫어?"

"설마."

"그럼 됐잖아. 그런 사람하고 결혼하는 게 제일 행복해."

내가 잠자코 있으니 "이건 내 지론이지만, 결혼은 좋아하는 사람하고 하는 게 아니라 싫어하지 않는 사람과 하는 편이 좋지 않을까 싶어."

"그건 마찬가지 말이잖아."

"그래, 마찬가지야."

말하며 마호는 웃었다.

"함께 있으면 안심이 돼."

"그걸로 된 거야."

"지금까지 줄곧 함께 있으면 불안한 사람들뿐이어서……."

"알아."

"그렇지만……."

"그건 착각이야. 아니면 그렇게 믿으려고 하는 것뿐."

마호는 내 반론을 차단하듯이 선수 쳤다. 내가 무슨 말을 하려고 했는지 말하기 전부터 알고 있는 것처럼.

호텔 종업원이 갖다 준 깨끗한 바스 타월을 깔고 덱 체어에 누웠다. 나오야는 파도를 차면서 멀리 바위가 많은 쪽까지

가버렸다.

여전히 파도 소리는 규칙적이었다. 파라솔의 짙은 그림자 아래 있으니 바다에서 불어오는 바람이 기분 좋았다.

젊은 남자 종업원이 잘 닦인 잔에 담긴 생수를 가져다주었다. 사례 대신 웃어 주자 "신혼여행이십니까?"라고 묻고는 물가에서 돌아오는 나오야 쪽을 보았다.

"그렇긴 한데 어떻게 알았어요?" 물어보았다.

젊은 남자는 고개를 갸웃거리면서도 "행복해 보이니까요"라며 미소 지었다.

젊은 남자가 갖고 온 생수는 아주 시원했다. 목으로 넘어가는 차가움이 확확 달아오른 몸 구석구석까지 퍼져 갔다.

물가에서 걸어오는 나오야의 발뒤꿈치가 하얀 모래사장에 깊이 묻혀 있는 게 보였다. 발을 앞으로 내밀 때마다 흩어지는 모래가 햇살 속에서 반짝반짝 빛났다.

"방으로 돌아가서 수영복으로 갈아입고 올래? 아니면 좀 이르지만 저녁이라도 먹을까?"

걷어 올린 청바지가 무릎까지 흠뻑 젖었다. 뜨거운 햇살이 나오야의 얼굴에 짙은 그림자를 만들었다.

"지금 저 남자랑 무슨 얘기했어?"

그렇게 말하면서 나오야는 옆에 있는 덱 체어에 걸터앉

앉다.

"별로."

"습기가 없으니 더워도 기분이 좋네."

나오야가 잔의 물을 벌컥벌컥 마셨다.

"있지."

"응?"

"하늘 멋있지?"

나는 수평선을 바라보았다. 바다의 파란색과 하늘의 파란색이 그곳에서 선명하게 나뉘었다.

"파랗네."

같이 수평선을 바라보던 나오야가 그렇게 중얼거렸다.

"자기야, 이 파란색은 어떤 파란색이야?"

"어떤 파란색? 파란색이 그냥 파란색이지."

나오야가 고개를 갸웃거리며 웃는 얼굴로 나를 보았다.

"그야 그렇겠지만……."

"하늘의 파란색은 하늘의 파란색. 바다의 파란색은 바다의 파란색."

나오야가 자신만만하게 단언했다. 마치 새파란 하늘처럼 한 점 구김살도 없이 환하게 웃는 얼굴로.

그때, 찾았구나, 생각했다. 이 하늘이 어떤 하늘인지 대답한 수 있는 사람이 아니라, 이 하늘과 같은 색으로 웃는 사람을.

ESSAY
스위스

산속에 있는 무인역에 내린 사람은 나뿐이었다.

시야에 들어오는 산맥에는 따가운 햇살을 받은 잔설이 곳곳에서 반짝거렸다. 발차 벨 소리도 없이 느릿느릿 달리기 시작한 기차가 아름다운 경치 속으로 모습을 감춰 버리자, 이따금 지저귀는 새소리 말고 귀에 들어오는 소리라곤 하나도 없었다. 산(山) 소리라는 것이 있다면, 나는 바로 그 산 소리만을 듣고 있었다.

플랫폼에 내려서니 자갈이 깔린 광장이 있었다. 관리소로 보이는 오두막집이 있었지만, 문은 닫혀 있고 인기척은 없었다.

절대 힘을 주어 걷는 게 아닌데도 내 발소리가 가파른 언덕배기에 메아리칠 정도로 울려 퍼졌다.

페터 춤토르라는 건축가가 지은 '성 베네딕트 교회'가 이 역 근처에 있을 터였다.

　일본에서 조사한 대로 제일 가까운 역에 내린 것은 좋았지만, 설마 무인역일 줄은 생각지도 못해서 정확한 지도도 갖고 오지 않았다. 주머니에 있는 것은 어느 잡지에서 오려 온 간략한 지도(라기보다 일러스트에 가까운)뿐으로, 역이 있고 길이 몇 갈래로 뻗어 있고, 그 끝에 '성 베네딕트 교회' 일러스트가 조그맣게 있다.

　역과 교회 사이에는 소가 세 마리 그려져 있었다. 한 마리는 풀을 뜯어 먹고, 나머지 두 마리는 자고 있다.

　역에 도착하면 쉽게 찾을 수 있을 줄 알았다. 세계적으로 유명한 건축가의 세계적으로 유명한 작품이니 역에 안내도 정도는 있을 줄 알았다. 만에 하나 없어도 누군가에게 물으면 될 줄 알았다.

　그러나 실제로 내려 보니 안내도는커녕, 넓디넓은 풍경 속에 사람 사는 집 한 채 보이지 않았다.

　지금까지도 해외여행 중에 지도를 갖고 가지 않아 곤란했던 적은 많다.

　원래 일본에서도 늘 맨손으로, 가방 같은 걸 들고 다니는 습관이 없다. 그 때문에 종종 술집에다 중요한 서류나 선물 받은 걸 두고 와서 나중에 핏기가 가시도록 혼쭐이 날 때가 있다.

무인역에 내려선 채 어쩔 줄 몰라 하고 있는데, 관리 오두막집 너머에서 개 짖는 소리가 나고, 뭐라고 말을 하는 개 주인 소리가 들렸다.

얼른 돌아보니 커다란 도베르만의 목줄을 잡고 젊은 여성이 관리 오두막집 창문에 붙은 포스터를 보고 있었다.

"실례합니다. 성 베네딕트 교회에 가려고 하는데 아세요?" 여성에게 말을 걸었다.

포스터를 들여다보던 여성은 설마 이런 곳에 사람이 있으리라고는 생각지도 못했는지, 순간 비명을 지를 것처럼 놀라더니 잠시 숨을 돌린 뒤에 "아, 깜짝이야"라며 과장스럽게 가슴을 쓸어내렸다.

겉보기는 무서웠지만, 도베르만은 사람을 잘 따르는지 가까이 가도 짖지 않고 얌전하게 쭈그리고 앉아 꼬리를 흔들었다.

나는 한 번 더 교회 이름을 말했다.

잠시 생각하던 그녀가 아주 빠른 영어로 말했다.

"나도 이 마을 사람이 아니라 여행자예요. 차를 타고 지나가다 화장실이 급해서 내렸는데, 여기, 사람도 하나도 없고……. 아, 미안해요. 뭐라고요? 교회를 찾는다고요?"

아마 그런 내용이었을 거라 생각한다.

"성 베네딕트 교회입니다. 페터 춤토르라는 건축가의 작품으로 아주 유명합니다만."

그녀를 놓치면 달리 의지할 데가 없다. 필사적으로 설명했다.

"그렇게 유명한 교회예요? 그렇지만 그런 유명한 교회가 이 근처에 있을 리가 있나요."

그녀가 어깨를 으쓱거리며 주위를 둘러보았다.

주위에는 아무런 소리도 없다. 소리가 없을 뿐만 아니라, 소리가 없다는 소리가 이명처럼 시끄럽다.

할 수 없이 그녀에게 인사를 하고 걷기 시작했다. 한 대의 차가 산언덕배기의 구불거리는 길을 달려갔다. 저기까지 가면 어떻게 될지도 모른다.

◆◆◆

이때 숙박했던 곳 역시 페터 춤토르가 설계한 스파 시설 '테르메 발스'와 같이 있는 호텔이었다.

산의 경사를 따라 자연석을 쌓아올린 외관은 정말로 아름다웠다. 동굴 같은 내부에는 각각 온도가 다른 미네랄워터 욕조가 몇 개나 만들어져 있고, 벽이나 천장의 슬릿으로 들어오는 빛은 그곳을 환상적인 공간으로 만들었다.

　최근에 세계 각국(일본도 포함)에서 이 '테르메 발스'와 비슷한 구조의 시설을 자주 본다. 그것은 시내 레스토랑일 때도 있고 교외 기념관일 때도 있지만, 한번 진짜를 보고 나면 이 건물이 현지의 풍경에 맞춰 지었다는 것을 알 수 있다. 그러니 다른 장소에 지어 봐야 별 효과 없지 않을까.

　물론 진짜에 연연할 필요는 없다. 개인적으로는 '짝퉁'이라는 말의 뉘앙스를 좋아하기도 하지만, 진짜를 본다는 것은 아주 중요한 일이라고 생각한다.

예를 들면 먹는 것도 그렇다. 맛있는 것을 먹어 보지 않으면 맛없는 것의 맛없음을 모른다. 아름다운 경치를 알고 있지 못하면, 눈앞의 경치가 왜 아름답지 않은지도 모른다.

◆ ◆ ◆

마지막 동아줄이었던 도베르만 주인 아가씨와 헤어져, 불안한 걸음으로 가파른 산길을 올라갔다.

이따금 차는 지나갔지만, 도저히 길에 뛰어들어 차를 세우고 교회

가 어디 있는지 물을 용기는 나지 않았다.

　잡지에서 오려 온 지도 같은 일러스트에서는 역과 교회 사이에 소 세 마리뿐이니 전망 좋은 이 경치 속에서 교회가 보일 법도 한데, 걸어도 걸어도 교회는커녕 집 한 채 없었다.

　그래도 한 시간 정도 걸었다. 그러나 아무래도 마음이 불안했다. 다음 모퉁이를 돌아 보고 그래도 없으면 포기하고 돌아가기로 했다.

　마지막 희망을 걸고 산간의 절벽을 깎아 만든 커다란 모퉁이를 돌았다. 그랬더니 마을의 지붕이 보였다.

　저기까지 가면 뭔가 알지도 모른다.

　포기할 생각이었다가 갑자기 발걸음이 빨라져서 마을로 들어갔다. 집집에서는 사람의 기척이 났지만, 좁은 골목길을 걷는 사람의 모습은 없었다.

　역시 못 찾는 건가, 하고 다시 포기하려 할 즈음에 바로 거기서 현관 나무 문이 열리고 그림책에 나오는 나무꾼 할아버지 같은 노인이 나타났다.

　무작정 달려가서 교회 이름을 말했다.

　그러잖아도 웅얼거리는 목소리가 멋지게 기른 그의 콧수염에 걸려 더 알아듣기 힘들었다.

"어디서 왔수?" 물어서 "일본입니다"라고 대답했다.

"걸어서 왔수?" 물어서 "그렇습니다"라고 대답했다.

그는 조금 놀란 표정을 짓더니 뒤로 돌아섰다. 그의 시선 끝을 따라가 보니 민가의 지붕 위로 낯익은 건물 꼭대기가 희미하게 보였다.

"아."

나도 모르게 새어 나온 내 목소리를 흉내 내어 나무꾼 같은 노인도 "아" 하고 소리를 내며 미소 지었다.

마을에서 좁은 언덕길을 따라 올라간 곳에 교회가 있었다. 수많은 잡지와 텔레비전에 소개되어 꼭 한 번 보고 싶었던 교회가 그곳에 서 있었다.

생활하는 데 익숙한 도쿄에서 살다 보니 불안함이라는 감정을 잊어버린 것 같다.

불안함이란 절대 좋은 감정은 아니지만 여행지에서 문득 이 감정을 느꼈을 때 다음에 보는 풍경이 기대 이상으로 선명하고 강렬하여 잊기 힘든 것이 될 때가 있다.

옮긴이의 말

ANA 기내 잡지에 연재한 글을 모은 책이다. 아마 저자인 요시다 슈이치 씨도 여행 떠나는 비행기 안에서 가볍게 읽으라고 쓴 글일 테니, 독자 여러분들도 굳이 '기승전결소설의구성요소주제와교훈복선' 같은 것 생각하지 말고, 어디선가 흘러나오는 음악에 자신도 모르게 몸을 흔들 듯 작가가 가볍게 들려주는 얘기에 같이 상상하며 읽으면 좋을 책 같다. 물론 아주 흥미로운 전개에 "그래서?" 하고 빠져들다, 이도 저도 아닌 오픈 결말에 "에이" 하고 김빠질 때도 있을지 모른다. 역자는 첫 번째 독자. 어찌 그 허탈함을 모르겠는가. "그래서 어떻게 됐는데요? 얘길 더 해 봐요!" 따지고 싶은 작품이 한두 편이 아니다. 작가는 어째서 이렇게 잇몸 간질거리는 감질나는 글을 쓴 걸까 생각해 보았는데, 혹시 '시부한 기내에서 심심한 독자 분들 그다음 얘기는 마음껏 그려 보세요!' 하고 일부러 여운을 남긴 건 아닐까 하는 상상을 멋대로 해 보았다.

번역 소설의 역자 후기를 보면, 저자는 별 생각 없이 썼을 텐데 역자가 너무 큰 의미를 부여하는 게 아닌가 싶을 때가 있다. 그저 풍경을 묘사했을 뿐인 시 한 편을 입시용으로 거창하게 분석한 중고등학교 참고서처럼. 그런 과도한 작품 해설과 의미 부여와 억측은 배제하고 첫 번째 독자로서의 느낌만을 쓰자면, 이 책에 실린 짧은 소설과 에세이는 파란 하늘을 날아올라 가는 색색의 풍선 같다. 즐거운 기분으로 여행 떠나는 사람들에게 어둡고 구질구질한 얘기를 들려줄 수는 없지 않은가. 그래서 작가는 풍선처럼 산뜻하고 가벼운, 절로 미소가 지어지는 얘기들을 골라서 들려주고 있는 것 같다.

어딘가로 훌쩍 떠나고 싶지만 떠나지 못하는 현실에 답답해하던 차, 이 참한 여행 이야기책으로 대리 만족을 할 수 있어 즐거웠다. 그러나 작업을 마치는 순간, 만사 제쳐놓고 떠나고 싶어졌다. 방콕, 루앙프라방, 뉴욕, 오슬로, 홍콩, 타이베이, 호치민……, 이 책 속에 나오는 도시 한 군데를 콕 찍어서.

권남희

요시다 슈이치 吉田修一　1968년 나가사키 현에서 태어나 호세이대학 경영학부를 졸업했다. 1997년 《최후의 아들》이 제84회 문학계 신인상을 수상하며 화려하게 데뷔했고, 2002년 《퍼레이드》가 제15회 야마모토슈고로상을, 《파크 라이프》가 제127회 아쿠타가와상을 수상하며 대중성과 작품성을 모두 갖춘 작가로 급부상했다. 2007년 《악인》으로 제34회 오사라기지로상과 제61회 마이니치 출판문화상을, 2010년 《요노스케 이야기》로 제23회 시바타 렌자부로상을 받았다. 그 외 작품으로는 《원숭이와 게의 전쟁》《하늘 모험》《사랑을 말해줘》《랜드마크》《캐러멜 팝콘》《동경만경》 등이 있다.

옮긴이 권남희　일본 문학 전문 번역가. 지은 책으로 《동경신혼일기》《번역에 살고 죽고》《번역은 내 운명(공저)》《길치모녀 도쿄헤메記》가 있으며, 옮긴 책으로 《퍼레이드》《무라카미 라디오》《빵가게 재습격》《밤의 피크닉》《마호로 역 다다 심부름집》《애도하는 사람》《달팽이 식당》《카모메 식당》《노래하는 고래》 외에 다수가 있다.

지금 당신은 어디에 있나요

1판 1쇄 발행 2013년 2월 15일
1판 2쇄 발행 2013년 5월 13일

지은이 · 요시다 슈이치
옮긴이 · 권남희
펴낸이 · 주연선

책임편집 · 박은경
편집 · 이진희 정종화 오가진 박나리 최소라
디자인 · 홍세연 김서영 손혜영
마케팅 · 장병수 김한밀 오서영
관리 · 김두만 구진아 유효정

도서출판 은행나무
121-839 서울특별시 마포구 서교동 384-12
전화 · 02)3143-0651~3 | 팩스 · 02)3143-0654
등록번호 · 제 10-1522호(1997. 12. 12)
www.ehbook.co.kr
ehbook@ehbook.co.kr

잘못된 책은 바꿔드립니다.

ISBN 978-89-5660-670-5 03830